時雨沢恵一
KEIICHI SIGSAWA

插畫●黑星紅白
ILLUSTRATION KOUHAKU KUROBOSHI

奇諾の旅XXII

the Beautiful World

Kadokawa Fantastic Novels

CONTENTS

「真難得。」

蒂低聲說。

因為我也同意這點，所以有一段時間——

「該不會……這就是所謂『世界的終結』吧……？天空會從那個地方裂開來，然後世界就四分五裂了嗎？我們現在正目擊這件事嗎……？」

我們就一同欣賞正陷入巨大的誤會中的西茲少爺，和極光。

「生日」—the Day—

「旅行者旅行者！妳生日幾號？啊，歡迎光臨我國！話說回來，妳生日幾號？」

「什、什麼……？」

「請告訴我妳的生日，拜託妳了！」

「這是入境時必須提供的資訊嗎？雖然很遺憾，不過我已經記不得正確的日期了。」

「怎麼會……真遺憾。摩托車你呢？」

「摩托車會有生日嗎？就算有，我也不記得了啊。」

「這樣啊……真遺憾……非常的遺憾……」

「很遺憾沒能滿足您的期待，如果可以的話，可以告訴我們為什麼不惜問到這個地步，也想知道我們生日的理由嗎？」

「好的，當然好喔。首先，在我國，有一種誰過生日都要盛大慶祝的風俗！」

「嗯嗯。」

「雖然以前只有跟關係親密的人一起慶祝，不過不知什麼時候起就跟鄰近的人、同一個城鎮的人、同一個國家的人慶生，範圍變得愈來愈大。」

「這個嘛，有值得慶祝的事情就是件好事。」

「摩托車說得對！因為這樣，全國人的生日，每年都會記載在日曆上。這樣一來，我們日日都可以祝賀到誰而感到幸福！而且每一個人也都可以被誰祝賀到而感覺ＨＡＰＰＹ！」

「『幸福』跟『ＨＡＰＰＹ』是一樣的呢。啊，請繼續請繼續。」

「那麼，雖然我國有數萬人……」

「該不會……」

「哦，奇諾，妳發現到什麼了？」

「是的——該不會有那種沒有誰過生日的日子吧。」

「就是這樣！旅行者妳真敏銳！如今現在，一年當中只有兩天，七月十日跟十一月十一日，是處在『沒有誰過生日』的狀況下，拜此所賜在這些日子當中，我們也都不能慶祝了！好難過！」

「所以，你就來問旅行者的生日啊～」

「如果旅行者的生日是那幾天的話，就可以記載在明年的日曆上了啊……」

「原來如此～」
「原來如此……」
「哎呀哎呀，真遺憾。」
「對了奇諾，妳敲一下油箱看看。」
「像這樣嗎？」
「啊！我想起來了！生日！」
「什麼？」
「奇諾也想起來了吧？生日！」
「什麼……啊，算是吧……是有那樣的感覺……是有那樣的感覺啦。」
＊　＊　＊
「我說奇諾，今天是奇諾的生日對吧？生日快樂～！生日快樂～！」
「咦？啊？唔？——是這樣的嗎？」
「是啊！妳在那個國家應該會受到盛大的祝賀喔。」
「啊啊……是這樣沒錯。漢密斯的生日也就假裝——設定在那幾天吧，那邊的人也會祝賀你的。」
「是吧，好開心哦——呃，是什麼時候啊？」

沒有每個人都能幸福的方法，
但是每個人都有幸福的方法。
— So Many Men, So Many Right Routes. —

奇諾の旅

——the Beautiful World——

XXII

時雨沢 惠一

KEIICHI SIGSAWA

插畫●黑星紅白

ILLUSTRATION KOUHAKU KUROBOSHI

第一話
「面具之國」
—Persona—

第一話「面具之國」
—Persona—

一個師父跟一個弟子，開著一輛車旅行。

這裡是草木不生的荒野，除了遠方可見的岩山以外，在一片蒼藍天空下，三百六十度都為地平線所包圍。在這片寒冷的大地上，氣溫是攝氏零下一位數，是個非常非常乾燥的世界。

黃色的車子在堅固的大地上一路揚起塵埃奔馳著。

雖然外表破舊不堪，引擎的狀況卻相當良好，在地面上扎扎實實的印下了足跡——應該說是輪胎痕跡。

擔任駕駛的男子，對副駕駛座上靜靜閉眼卻沒在睡覺的女子出聲說：

「師父，可以看到了喔。」

在褐色荒野的地平線那端，隱約浮現出灰色的城牆。

「大家都很害羞吧？」

男旅行者一入境就馬上說。

「是害羞啊。」

女旅行者表示同意。

兩人在國內以徒步方式觀光。

在荒野之中的國家非常廣大，而且美麗。

有以石砌建築打造出來的城鎮，有不斷湧出泉水、應該稱得上是立國基礎的綠洲，周圍還有旱田，飼養著許多種類的動物。

居民們全都穿著同樣的服裝，就是適合在寒冷且乾燥土地上穿的那種質地厚實的民俗服飾。

而且——

他們是避免跟人面對面的人們。

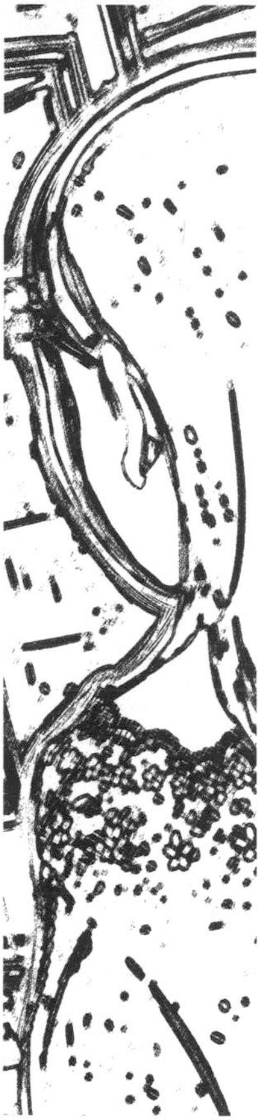

「面具之國」

—*Persona*—

居民們完全沒有「看人眼睛說話」的動作。

雖然他們對旅行者似乎是有興趣，但就只是遠遠的時不時偷瞄一下，只要兩人一將視線轉過去，他們就迅速將臉撇到一邊。

就連商店的老闆，也是一直視線朝下地展示商品、收取金錢。

原本以為他們是不是只針對自己、也就是說是對旅行者才這麼做，不過在看到城鎮中談話的居民們也彼此不面對面之後，男子就喃喃自語起來：

「原來如此，如果是害羞的話也就沒辦法了。」

那是當天晚上的事。

兩名旅行者與這個國家的高層人士們交談。因為他們受到晚宴招待，對方說想知道國外的情況。對於兩人來說，他們並沒有不去吃免錢的理由。

在他們告知對方相關資訊，聊了好一陣子以後，話題轉到了這個國家的居民們身上。高層人士們先是委婉地為將臉撇到一邊去說話的居民們——以及自己跟居民們一樣不看眼睛說話的舉止道歉之後，再告訴他們事情之所以會變成這樣的經過。

這個國家在很久以前，似乎對於長相美醜的事非常敏感。

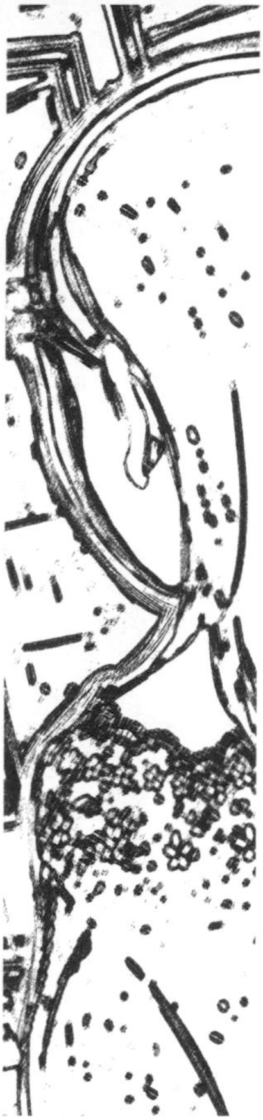

美麗的臉、跟並非那樣的臉；受人喜愛的臉、跟並非那樣的臉；眾人盛讚的臉、跟並非那樣的臉。

人們過度在意他人的臉，他們對於直視人臉的動作變得過度恐慌。

目視人臉這件事，表示要看著他人的臉並心懷複雜的感情；同時也代表他人在看自己的臉時會有什麼樣的想法，從對方的臉色就很容易分辨出來。

就這樣，居民們就變得沒辦法看人眼睛說話了。

「當然即使這樣社會還是可以繼續運作……不過因為以人的角度來說這絕對不是件好事，所以我們一直在思考，希望想個辦法來解決。」

高層人士對兩名旅行者這麼說。他的臉是偏到一邊去的。

「旅行者，你們有什麼好提案嗎？可以讓我們再度好好看著對方的臉生活的點子……」

雖然男旅行者將臉偏到另一邊去，似乎在表示才沒有這種點子。

「有哦。」

但因為女旅行者直截了當這麼說了，所以他驚訝的將視線轉向她那邊去。

＊　＊　＊

「然後呢然後呢！師父的解決策略是？」

在荒野的一條直線道路上，奇諾與漢密斯奔馳著。

這裡是草木不生的荒野，除了遠方可見的岩山以外，在一片蒼藍天空下，三百六十度都為地平線所包圍。在這片寒冷的大地上，氣溫是攝氏零下一位數，是個非常非常乾燥的世界。

奇諾穿著厚厚的防寒衣褲，臉上罩著紗巾。對於後輪上方承載比平常還要多的像是水與燃料之類行李的漢密斯的問題，她回答道：

「嗯，師父她在行李當中取出了幾個面具。」

「面具？」

「是的。那是在上上一個國家收到，可以遮住整張臉的面具。雖然是照人的臉仿造，不過表情是平板的，而且只有在眼睛的地方有開洞。那原本似乎是在傳統的舞蹈中所使用的物品，聽說是對方用來當作伴手禮，讓師父免費拿到的樣子。」

「這個嘛，確實就遮得住臉。然後呢？」

「師父發表了她的提案，她這麼說──」

「就戴著這個生活吧。因為這個國家又冷又乾燥，應該不會感到悶熱吧。總之先用這個練習去看對方的臉，當然對方就算同樣戴面具也沒關係。」

「咦？這是當真的嗎？」

「我也這麼問了。師父是認真提案的嗎，還有對方是怎麼接受的。」

「然後呢然後呢？」

「她說一開始那個國家的人似乎是很困惑，可是難得有訪客提案也不可能棄之不理，於是他們就滿讓人不可思議的接受下來了。」

「原來如此～」

「師父說：『雖然這是非常高價的東西，不過我可以接受以物易物』。」
「惡魔啊。」
「另外，關於師父的認真程度——」
「那是認真的？」
「幾乎是開玩笑的啊。不過，如果這樣就能讓他們接受不也是很好嗎？也許他們會戴著面具過一陣子生活，不過沒多久應該就會感覺很麻煩吧。」

奇諾跟漢密斯抵達了國家，而這個國家也好好的存在於同樣的地方。
奇諾為了進行入境審查而駛近城門側邊辦公室時——
「歡迎光臨！久違的旅行者！摩托車之旅一定很辛苦吧！請您在這個國家悠閒的玩吧！」
受到了出面前來的士兵們堅定的「笑臉」以對，以及這樣的話語。
在身穿軍服的他們臉上，裝備了面具。
「一大堆面具……」

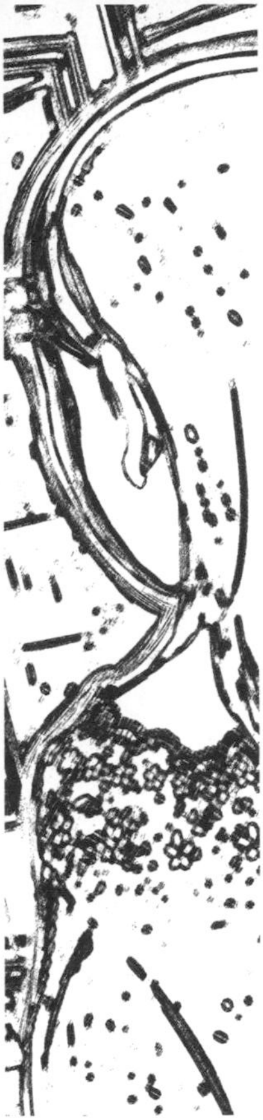

「一大堆面具呢。」

奇諾跟漢密斯在入境以後四處奔馳，受到了來自國民們歡迎的「笑臉」以對。

他們所有人都在臉上戴著面具。

其材質既白又薄，造型剛好緊貼在臉上。

而且還可以做出表情來。雖然眼睛的地方有開洞可以從那邊窺視到眼珠子，不過在那上方的眉毛部位是可以移動的。嘴巴也一樣，嘴唇的曲線可以上下調整，像是笑容、或是不爽的表情、還有抿成一直線的認真表情都做得出來。

臉的側邊還有幾根小小的桿子，只要用手指稍微動一下它們，面具就可以瞬間變換表情。

「久違的旅行者！歡迎！」

男子以「笑臉」向奇諾搭話。

「真是謝謝您。」

奇諾動了動戴在她臉上的面具側邊桿子，也以「笑臉」回應。

當天晚上。

回到旅館房間來的奇諾摘下了面具。

那是她在入境的時候，有人對她說，雖然不是義務，不過還是盡可能戴著會比較好——

於是她便依言行事，一整天都一直戴著的面具。

「哎呀竟然！是奇諾嗎！」

在房間邊角以主腳架立好的漢密斯故作驚訝的說。

「是的，是我。」

奇諾一面對漢密斯展現笑容，一面將那面具小心翼翼的放在床邊的桌子上。桌子上方設有柔軟的墊子，看起來應該是面具專用的置放處。

奇諾的手指在這時候輕輕觸碰了桿子，面具就成了一張哭臉。

「還真是精細的機關啊，這種功能在師父交給他們的面具上會有嗎？」

「我想是沒有的，是這個國家的改良成果吧。」

「也就是說，他們照師父說的試著戴面具生活，活得很舒適，然後大家就都戴起來了——」

「沒多久，表情也可以瞬間變換了。因為不用展現真正的臉也沒關係，所以產生了希望透過表情來呈現自己心情的欲望了嗎……？」

「不用去做也沒關係的話，反而會變得很想去做，總覺得很諷刺耶，奇諾。」

奇諾回想起先前在晚宴中所聽到的國家高層人士的話語來了。

『曾經有位認真關心這個國家的旅行者，以微薄的報酬作為交換條件將高級的面具留給了我們，然後我們就被拯救了。多虧了面具，我們的人際關係變圓滿，工作效率也提升了。現在除了家人跟情人以外，我們並不認識他人的臉。不過拜此所賜，大家都能夠直視著別人的臉生活，感覺非常的幸福。』

隔天，奇諾在寒冷之中，在廣大的國內四處奔馳。

天空無邊無際的晴朗蔚藍，空氣則一直是冷冽且乾燥的。

「漢密斯……這個面具在行駛的時候真的是太棒了。臉完全接觸不到風，很溫暖；眼睛的地方

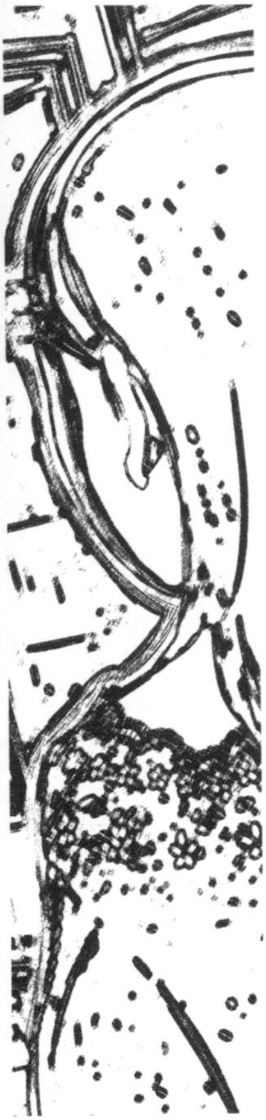

也有可以覆蓋住的透明遮罩裝置。」
「那麼從現在開始妳就一直戴著吧。雖然我昨天忘了問，不過妳在吃飯時要怎麼辦啊？」
「雖然我昨天忘了說——」
奇諾動了一下面具下方的桿子，整個面具只有嘴巴那一部分，向前方打開了。
「就這樣。」
「好方便！」

＊　＊　＊

我的名字叫陸，是一隻狗。
我有著又白又蓬鬆的長毛。雖然我總是看似愉快地露出笑咪咪的表情，但並不表示我總是那麼開心。我是天生就長這樣。
西茲少爺是我的主人。他是一名經常穿著綠色毛衣的青年，在很複雜的情況下失去故鄉，並開著越野車四處旅行。

聽說在寒冷的荒野盡頭有個國家，我們就往那邊去，在什麼都沒有的地方行駛了幾天，好不容易抵達了城牆。

「怎麼會……」

也難怪西茲少爺說不出話來，不管是衛兵還是入境審查官，所有人的臉都戴著面具。是那種透過操縱桿可以改變表情的面具。

「各位的情況，我非常清楚明白了。」

西茲少爺在入境審查室中說。這是他聽完有關這個國家歷史的說明之後所發生的事。

「笑臉」以對的入境審查官，也建議西茲少爺戴面具。

雖說這並不是義務，可是被要求這點是很明顯的。對方教導了西茲少爺穿戴方法跟使用方法。

順帶一提，狗好像不用戴。我得救了。

就這樣西茲少爺在入境後——於國內跟國民們互相打招呼。

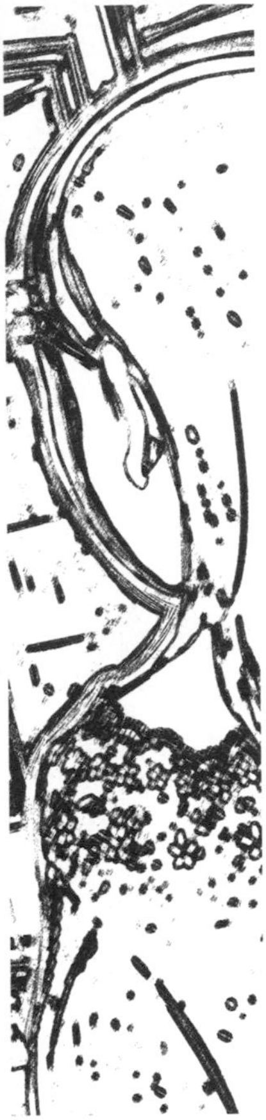

真的所有人，沒有任何一個人例外，都戴著面具。

而且，他們改變面具表情的迅速程度，已經是一種藝術了。他們用眼睛追不上的動作，毫無差錯的操縱側邊的桿子。如果從懂事開始就一直做這些舉動的話，確實是可以達到那樣的境界。說個題外話，西茲少爺在這件事情上就非常遜。

這是在當天晚上於旅館房間所發生的事。

我看著幾個小時不見的西茲少爺的臉，跟他交談。

「雖然理由我知道……可是他們這樣真的好嗎……？」

「這我就不知道了，西茲少爺。」

「其實他們真的不希望用本來的臉做出表情來嗎……？」

「這我就不知道了，西茲少爺。」

「大家都不希望有人可以第一個把這樣的事情講出來嗎？」

還是不要多管閒事會比較好喔，西茲少爺。

「這我就不知道了，西茲少爺。」

「我有個想法，明天來試試看。」

還是不要多管閒事會比較好喔，西茲少爺。

「晚安，陸。」

「晚安，西茲少爺。」

隔天早上。

西茲少爺將昨晚一直在想的事情毫不猶豫的實行了。

從早上走出旅館開始，他就一直用本來的臉行動。其實這舉動在這個國家並不違法。

居民們看到西茲少爺以後雖然有各式各樣的反應，不過有一個地方是共通的，那就是他們都忘記要去操縱面具的表情，也就是保持那個時間點的「面具的表情」，不停遠望著西茲少爺。

雖然這也是預想得到的事，但在一般的國家裡，如果西茲少爺全裸步行的話，該不會也給人同樣的感覺吧？

西茲少爺就這樣走向國內最廣大的公園，那裡是居民們休憩的場所，在午休時間，相當多的人

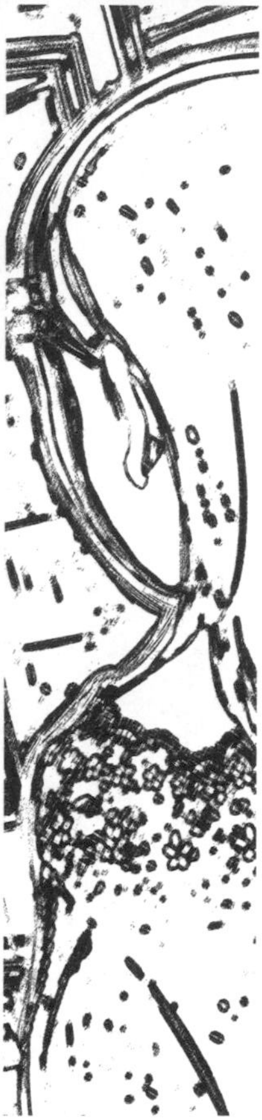

不顧寒冷天氣聚集在一起，吃飯、休息。

出現在那裡並全裸——不，是露出臉的旅行者一下子就受到注目，這也難怪。

「大家午安，我的名字叫西茲，是旅行者，不是這個國家的人。」

西茲少爺以大家能聽得清楚的音量發表演說。而戴著面具的人們，可能是因為感到稀奇，也可能是因為遇到可怕的東西反倒想看，就這麼大批聚集過來。看來他還相當有人氣。

原本以為他們看到了西茲少爺的臉會將目光轉到一邊去，不過出乎意料的是，他們沒有這麼做。

他們當然還是戴著面具，但卻一直盯著西茲少爺看。可能是稀奇的感覺勝過一切，或者有可能因為他是旅行者的關係吧。如果沒有去問的話是不清楚的。

「正如各位所看到的，我沒有戴著面具。雖然在入境的時候我借了一個面具，而且昨天也戴著它，不過今天我憑著自己的意志將它摘下來了，因為我想讓大家記住我的臉。」

西茲少爺心情舒暢的繼續發言。就在眾多的面具之前。

有諸如一臉疑問、或是做出「ㄟ」字嘴型之類，以表情作答的人們，也有人表露不懷好意的笑容。

「各位一直戴著面具生活，我不認為這是不好的事。」

西茲少爺說了謊。而在他繼續這麼做的期間，群眾還是愈聚愈多。

「可是——各位，可能你們已經知道，在這個國家以外的地方，每個人都是用本來的臉生活，就跟這個國家以前一樣。怎麼樣？只要在今天、現在這個瞬間就好，要不要稍微試著體驗一下以前的生活方式呢？試著像現在的我這麼做一樣，展現你們本來的臉呢？」

他們的反應令我意外。我原本預測應該會馬上引起公憤，可是已經將廣場塞滿的他們，卻默默把西茲少爺的話語聽進去了。

面具的表情出現變化，認真的臉逐漸增加了。可能是對每天重複著理所當然生活的他們來說，像西茲少爺這樣的異類相當稀奇；也可能是這個把誰也沒說出口的話幫大家講出來的人，讓他們內心大受感動吧。

「也對，既然旅行者都說到這個份上……稍微試一下也……」

說這句話的人，外表看起來是個中年男子。這番話就如同波浪一般擴散，群眾持續騷動。

「那麼，就跟我一起作好不好？」

西茲少爺將手上拿著的面具先戴在臉上。這是一種透過一起摘下來的動作而驅使人行動的一種統御——不對，鼓動人心技巧。

「那麼，我們就來嘍。五、四、三、二、一——」

在西茲少爺摘下面具的同時，全體群眾也幾乎在同一時刻輕巧的將他們的面具摘下來了。

接著我跟西茲少爺都看見了，像面具一般的臉。

人類的臉竟然可以看起來像面具到這種程度嗎。我打從心底感到驚訝。

在他們身上幾乎沒有所謂的表情，當然個別的臉在外觀上是不一樣的，可是整體看起來卻像同樣的東西：不會動的面具。在那裡的，只不過是——一種叫「臉」的物體。

數百名群眾一起逼近我們，臉……臉臉、臉臉臉——

「…………」

即使手上還拿著面具的西茲少爺說不出話來，也不能怪他。坦白說，就連我也怕到很想逃出去。

他們失去了「做出表情」的能力。

就像是長年臥床的人腳會變瘦一樣，不使用的肌肉，能力一定會衰退。

他們除了進食以外就完全沒有使用到的臉部肌肉，也完全萎縮了。

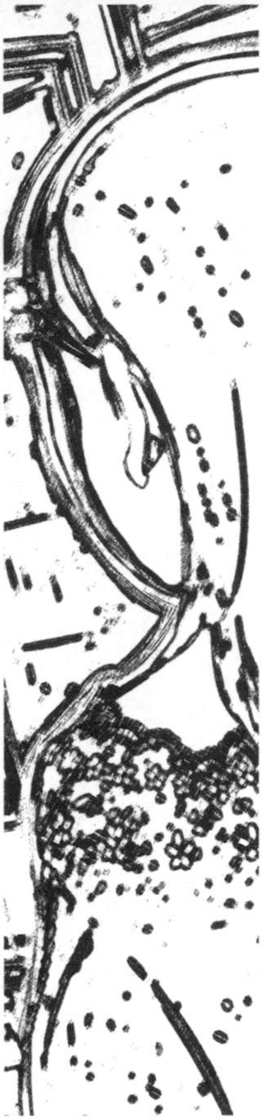

如果沒有讓嘴角上揚、沒有讓眼睛睜大、眉頭皺起來、沒有為了笑而將口張開的話，人類的臉也是可以完全平板到這樣的地步啊。

在比面具還要像面具的臉上，只有兩隻眼睛很明顯的在那邊不時眨著。

「…………」

在西茲少爺說不出話來之後又過了十幾秒。

「已經可以了嗎……？」

一開始對我們說話的那位中年男子開口說話了。他用完全沒有表情的臉說：

「為了不對旅行者失禮，我是試著做了，不過果然不論如何，心就是靜不下來。」

「可、可以了……各位，真是謝謝……你們。感謝你們的、協助。」

西茲少爺無力的說完，他們就再度戴上面具。

然後一面迅速地用手指改變「表情」。

「嗯～果然還是很奇怪呢。」

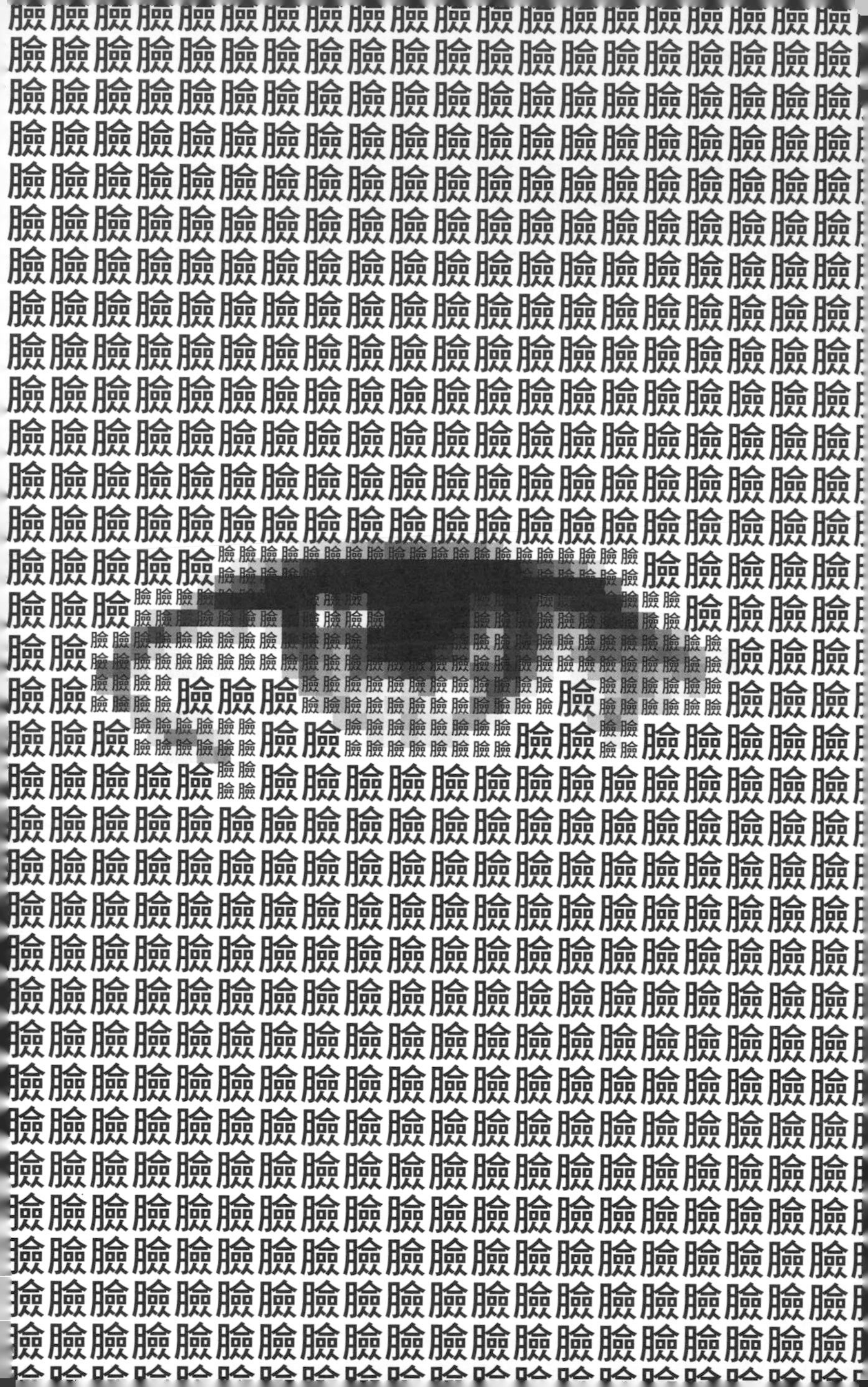

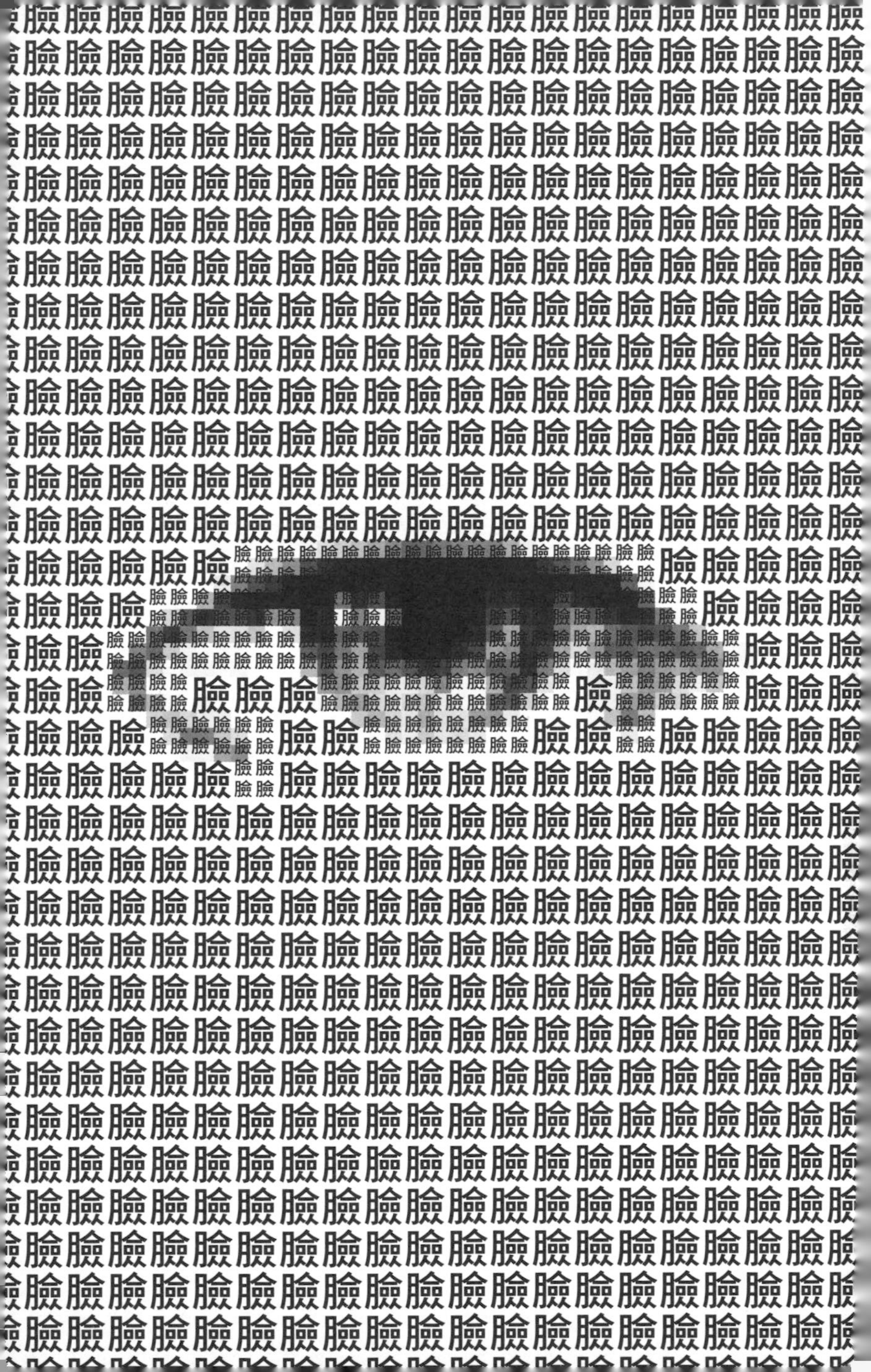

「講什麼要在外頭把面具摘下來，怎麼樣就是無法靜心下來啊。」

「算了，現在這樣比較好，畢竟是我們的生活方式嘛。」

「外頭的空氣真的好冷呢……會感冒的。」

「真是個奇怪的旅行者呢。」

他們如此喃喃自語，從公園紛紛散去，若無其事的回到各自的午休活動中。

「西茲少爺？」

我從後方開口發聲，西茲少爺緩緩的轉過身來。

在那張臉上——

是戴著面具的。

西茲少爺迅速操縱，把面具弄成了一張哭臉。

他是操縱錯誤了呢，還是操縱對了呢，這我是不知道的。

第二話
「撤離之國」
—Leader—

第二話「撤離之國」
—Leader—

「哎呀奇諾，這風景真是棒啊！壯觀！漂亮！給個讚！」

「嗯~……」

「咦？不棒嗎？」

「呃、是很棒，真的是很壯闊。沒想到這麼廣大的山谷，全都是露天挖掘的採礦現場……這種看不見邊際的礦場，我第一次見到。」

「快來看喔，那臺在谷底的卡車，雖然看起來小小的像跳蚤，實際上可是像一棟房子那樣大的超超巨大砂石車喔。因為實在是太大了，要爬到駕駛座上也很辛苦，那裡頭還設有休息室跟廁所之類的地方。如果用奇諾來換算的話，在一個輪胎當中可以塞得下二十九又六分之五個人喔？」

「你是打算要把我硬塞進裡面擠到密不通風嗎？漢密斯。」

「或者也可以先切過再塞。」

「拜託你別鬧了——以前從來沒見過這麼巨大的礦場，雖然令人嘆為觀止——」
「雖然令人嘆為觀止？」
「可是怪了……照師父的說法，這裡應該有一個古老的國家才對。是一個位在地面像是裂開一般的寬廣縱谷中央、歷史源遠流長的國家，裡面有建造一些設計風格奇妙的民房，還有許多居民住在這裡啊。」
「是搞錯地方了嗎？」
「這裡周邊的土地，只有這個地方有師父所形容大小的山谷，再來就都是險峻的山，不可能會錯的。」
「那麼，就是師父對奇諾說謊了！」
「基於『不要簡單相信人』是我修行的一環，這種可能性並不是零……不過很低。」
「那就表示，最有可能性的事，就是正確答案嘍。」
「你的意思是？」

「國家搬走了。」
「怎麼可能那麼簡單……」
「啊，那個是正確答案喔。」
「咦？」「哎呀？」
「哎呀，讓你們嚇到真是不好意思呢。」
「您一直都待在那個地方嗎……？」
「是啊，畢竟在你們飆到這座山崖來的滿久之前，我就在岩石的暗處一直坐著觀看這處山谷跟露天礦場的景色啊。不過原本我是打算默默地躲著就是了。」
「是這樣的啊……我叫奇諾，正在旅行。這位是我的伙伴漢密斯。」
「您好喔～！對了，戴眼鏡的老爺爺，您好像很清楚詳細的情況，請問到底要出多少錢您才會說給我們聽？」
「漢密斯……你突然提這個做什麼？」
「因為，對於貴重的情報就得要好好的付錢！免費是不行的喔，奇諾。」
「這個嘛，確實是這樣子沒錯啦。」
「啊哈哈，漢密斯所說的事雖然沒有錯，不過我就算什麼也不拿也打算要說給你們聽喔。我想要讓你們知道一些事，所以才這樣走出來。」

「哎呀，真幸運！奇諾！我們就心懷感謝的聽人家說吧！」

「那麼……就拜託您了。請告訴我們曾經在這裡的國家的事情。」

「好啊。那麼，我又要坐下來了吧。奇諾妳也請坐。因為這故事可能會稍微有點長喔。」

「好的。」

「你們大概是從像我這樣的老人那邊聽說這裡曾經有個國家的事吧，這是正確的情報。的確，在這處山谷曾經有一個國家，直到差不多三十年以前都還在。」

「然後、就『搬走』了？」

「是的。這麼做的理由，就是現在我們看到的露天礦場。這裡在挖什麼，你們知道嗎？」

「不知道……對於不知道詳情的我來說，也沒什麼概念。漢密斯呢？」

「雖然我是看卡車車斗上的石頭顏色想到的，不過不會是『螺絲凝膠金屬礦石』吧？」

「撤離之國」
—Leader—

「真不愧是摩托車漢密斯，正確答案。」

「太棒啦～！」

「螺絲……什麼……？」

「妳不知道嗎奇諾？螺絲凝膠金屬礦石，只要加熱後再進行鹿特羅素邦式精製的話就會形成純粹的螺絲凝膠金屬晶體，也是升降機的核心成分。也就是說，到目前為止我們所看到的磁浮艇的上浮機制，全都是拜這種石頭所賜喔。」

「這種事，我還是第一次聽說……」

「沒辦法，奇諾對升降機的機制就是完全沒有興趣嘛。」

「只要漢密斯不爆胎就不會有興趣了——那麼，那個螺絲……礦石，是非常重要的東西，您的意思是這樣嗎？」

「就是這樣，奇諾。既然升降機沒有這個就無法製成，它就成了現在的社會生活當中必要不可或缺的資源。」

「不過呢奇諾，能用露天挖掘就採到這種礦石，可說是非常非常非常的難得喔。這種礦石一般都是在深的不得了的地下才有，而且採礦還要花費龐大的勞力跟費用呢。」

「託漢密斯的福，我好像可以輕鬆一點了。」

「那麼我就讓您更閒一點！露天挖掘呢，只要從上面喀嚓喀擦挖下來就好，把一個石階一個石階打造出來愈挖愈深，就像現在我們看到的這個樣子。只要事先造好卡車可以通行的路，要把礦石帶走也輕輕鬆鬆。可是，這方法有一個大大的缺點。」

「這點我也知道，漢密斯。就是『在這上面的土地，就非得全面挖空不可』。」

「就是這麼一回事。那麼，老爺爺，交給您了～」

「謝謝——這處山谷似乎就是地質學者所謂『大地分裂所生成的地形』。也許你們很難相信，不過在這個行星上所覆蓋的薄薄一層大地，就是在其內部熾熱部分的對流作用下，從這個地方分別往東西方向持續分裂漂移。當然分裂速度非常緩慢，對人類來說是不知不覺的。地面分裂的時候，原本在地下的礦脈，似乎就會被擠壓到接近谷底的地表然後顯露出來。這麼幸運的地點，在別的地方是沒有的。」

「原來如此……」

「懂了～」

「撤離之國」
—Leader—

「大家之所以知道這處山谷底下，也就是以前曾經在這裡的國家底下蘊藏大量礦石，理由其實很偶然。從這裡向西越過二條山脈的地方，有一個大國。差不多在四十年以前的那個時候，那裡的商人第一次探訪這處山谷之國。然後，他們發現這種礦石被用來當作房屋的建材，嚇到快要昏了過去。」

「這個嘛是也沒錯啦，畢竟就好像金子還是鑽石什麼的被拿來打造成柱子了呢。」

「接著有人獲得許可並進行學術調查，結果在極為淺層的地方發現前所未見的大型礦脈。這個大國很需要礦石，大量的礦石能讓國家發展，經濟也會富裕。不過諷刺的是，由於礦石過度密集存在於淺層的地方，無法使用挖洞開採的方法。如果在這麼淺層的地方弄出空洞來，地面是會塌陷的。不論如何一定要開採的話，就非得要讓所有的居民從山谷之國離開不可。」

「原來如此。」

「這是當然的啊。」

「大國向山谷之國強烈請託：『拜託各位，可以將整個國家移居別處嗎？』具體來說，大國在越過山脈的平原上預立了一個相同規模的新國家，連城牆與住宅都預建好了，而且會支付酬謝禮金，必要的話甚至不惜一切給予補助，直到居民生活安定為止。」

「就是那個叫澈底攤牌的東西吧。」

「……『撤離談判』。」

「對，就是那個！——那麼，談得有很順利嗎？」

「沒有喔。打從一開始就完全行不通。山谷之國的人們是一群不使用升降機之類的設備，靠牛車與馬之類的古早運輸方法過活的人。他們不知道為科學技術所環繞的生活，也完全不懂礦石的價值。而且最重要的是——」

「最重要的是？」

「最重要的是？」

「他們打從心底熱愛祖先歷經千辛萬苦建立起來的這個國家，絕對不可能做出捨棄這塊土地之類的事情，堅決反對。」

「原來如此……」

「糟啦～」

「山谷之國對於企圖奪走故鄉的大國眾人打從心底抗拒，甚至擺出了不惜一戰的態勢。」

「撤離之國」
—Leader—

「那麼，就打仗了嗎？然後，山谷之國就一下子被消滅到整個全滅了？」

「沒有喔……不對。」

「哎呀？」

「大國很清楚，一旦發動戰爭是可以輕鬆獲勝；畢竟兩國在科學力、也就是軍事力上面有壓倒性的差距；大國只要幾個小時就可以將山谷之國的居民全數屠殺，並抹消其存在。可是作為民主國家的大國，不容許用這種理由大張旗鼓地發動戰爭；當時它的判斷是，基於自身的榮譽，不能在國家歷史上留下這樣的汙點。」

「嗯嗯，總之是太好了，應該是吧？」

「所以大國採取了戰爭以外，非常非常骯髒的手段。」

「…………」

「也就是說～？」

「籠絡手段。它奸詐的引導山谷之國從內部崩解。首先大國這麼想，雖然看起來山谷之國是團結一致的反對到底，但其中可能就有一個人，是那種只要具有強烈理由就會贊成撤離的人。為了找出這樣的人，大國間諜假扮成遠方來訪的旅行者，在國內探尋。」

「然後……？」

「然後呢？」
「沒過多久時間，間諜在山谷之國內部找到了非常符合條件的一名男子。對他而言，是有協助大國的理由。在這個理由遭到間諜掌握之後，苦思到最後的男子決定背叛；他自己成為新的間諜，將山谷之國的情報透過祕密持有的通訊機器持續傳送出去，像是『某某某因為這個理由生活陷入困境』，或是『誰誰誰如果用這個理由的話就有可能會拋棄國家』之類——只有內部的人才能知曉的情報。」
「真是神不知鬼不覺。可是，效果應該很好。」
「沒錯，就這樣得到大量情報的大國，瘋狂撒下既具體又有魅力的誘餌，再度向山谷之國提出強烈的要求。它宣稱對於最先撤離的人們，會提供這樣的獎賞方案……」
「所以這做法就奏效了嗎？」
「是啊……只要弱點遭到掌握，人類就很脆弱。看到真正想要的東西出現在自己眼前，有一些人就這麼集體離開國家了。即使遭到伙伴們痛罵是背叛者，他們還是離開國家，像是逃走一般地離

「撤離之國」
—Leader—

開了。」

「在這之後，山谷之國的人們就陸續接受籠絡了嗎？」

「我想可能不是這樣的喔，奇諾。應該會再隔一陣子才對。」

「真聰明，漢密斯說對了。大國並沒有馬上動作，彷彿已經沒有進一步的要求一樣，隔了滿長一段時間。即使這段時間大國繼續從成為間諜的男子身上不斷獲得情報，還是沒有動作。」

「為什麼……？啊！我也多少明白了。是在等待山谷之國居民們的動搖趨勢擴散開來吧？」

「沒錯。面對雖然少卻仍然出現了捨棄國家的人的事實，本來應該基於反對撤離的立場而團結一致的人們，內心嚴重動搖。而成為間諜的男子在國內散播了流言，就是『愈晚表態，撤離國家的報酬就會愈少，不會有錯』的流言。」

「原來如此……」

「嗯～真奸詐！這樣子，大家就一定都會疑神疑鬼的啊。只要再經過一段時間之後撤出下一批誘餌，他們就會大口吞下去了。」

「沒錯，他們出乎意料的輕易上鉤了。許多人在個別獎賞方案、在撤離的報酬面前低頭。他們表明不需要在遠離此地的場所建立新國家，直接移民大國獲得公民權，開始在那裡過生活，過著對優秀的科學技術心滿意足，比過往還要更加更加輕鬆的生活。當然他們也得到了獎賞。」

「而在這之後的事——我也預想得到了。間諜把先一步得到好生活的人的情報，在山谷之國中傳揚開來了吧。」

「沒錯。」

「奇諾也變聰明了！」

「謝謝。」

「也可以說有小聰明了！」

「這個嘛，我是不否認。」

「就是這樣。曾經分裂過的團體，就無法再度回復原狀。儘管山谷之國的人們當然不至於會捨棄對祖先的敬愛，但是撤離派的人數就宛如滾雪球一般的增加了。大國對於晚撤離的人們，還是支付了相對應的報酬。就這樣，山谷之國的人口就愈來愈減少了。」

「只要少到某種程度以下，沒多久國家也就無法繼續運作了吧？」

「就是這樣。到最後還沒有撤離的大約有百人左右，雖然靠著殘留的糧食勉力過活……但誰都很清楚，這樣的生活是無法繼續下去的。」

「果然……」

「那麼，最後變怎麼樣了呢？」

「最後只有悲劇。留下來的他們用自己的鮮血，長篇大論寫下了對先行拋棄國家的昔日伙伴們抱持壯烈怨恨的文章，還有要求對方馬上在大國內部群起行動引發爭鬥的宣言，最後他們都自戕了。在各自的家中，服毒自盡、上吊自殺、引火自焚。」

「…………」

「嗚哇～」

「然而，他們的遺書……最後的想法……並沒有讓任何人讀到。因為最後沒有被揭穿身分還留在人世上的間諜，把它們全數回收拿去燒掉了。沒有死去的他成為最後一個離開國家的人。」

「…………」

「真壯烈啊。」

「就這樣，僅僅數年，山谷之國就消失了。沒有戰爭、也沒有留下任何一個抱怨的人。這個失去居民的國家，只有具文化價值的建築物遷建到博物館，而在包括城牆在內的絕大多數建築遭到摧毀、夷為平地之後——」

「就開挖了。」
「就開挖了。」
「沒錯。如此產生出來的，就是我們正在看的這幅景象。在如今這塊巨大且毫無生機之坑洞的土地上，以前是有幾千個人過著雖然樸實卻很幸福的生活。」
「原來如此……我非常清楚明白了，謝謝您的故事。」
「所以，那個當間諜的男子就是老爺爺您吧！」
「啊啊，也對……如果不是那樣的話，您也不可能會知道那些事。」
「是這樣沒錯，漢密斯。你一點就通幫了我大忙。」
「謝啦～那麼我想順便問問題，就問兩個問題。第一，您出賣國家的理由是什麼？第二，在這之後您是怎麼活下來的？」
「我來回答吧。首先第一個問題，我有一個心愛的妻子，可是她生來就身體虛弱，一直容易生病，最後終於衰弱到連從床上起身站起來都沒有辦法的程度，醫生也無能為力，說她可能撐不久

「撤離之國」
—Leader—

了。大國對我說，這種病確實可以治得好。事實上，我持續把收下來的藥偷偷的給妻子服用，非常有效。雖然緩慢，但她確實恢復精神了。」

「原來如此……」

「明白。那麼，第二題請回答。」

「我是一個人活下來的。如果要問為什麼的話，是因為妻子沒有活著離開這個國家。」

「為什麼會這樣呢？」

「…………」

「啊，我懂了。您太太自殺了吧。」

「……沒錯。就是這樣，漢密斯。」

「她一直留到最後了吧……？」

「是的。她沒辦法拋棄自己出生成長的這個國家，所以她留在自殺集團當中。不是因為我還留著的關係，而是基於她自身的決定。當然，她一直相信我也會這麼做。」

「那麼，您什麼也沒有跟她說嗎？」

「不，我說了。在自己家，在只有我們兩人而且毒藥就在眼前的時候，我將一切都告訴妻子。我說，因為不希望妳死我才會當間諜，希望妳不要死，跟我一起活下去。」

「然後呢然後呢？」

「妻子很吃驚，看了我好一陣子。接下來，她將桌子上的毒藥粗魯的丟進兩個杯子裡，緊緊抱著還在哭泣的我好一陣子。然後，就從我背後一刀刺下去。」

「…………」

「唔呃。」

「我被亂刀狂刺，躺在血泊當中，清楚的知道身體正愈來愈冷。即使這樣，我還是清楚的看到，也清楚的記得她把自己脖子斬斷的那一瞬間。」

「…………」

「哎呀～」

「然後我心想，終於結束了。我那錯誤的人生，那出賣國家、也沒救到妻子的人生。」

「老爺爺，其實您不會是幽靈吧？」

「不，不是喔。我下一次醒來時，已經在大國醫院的加護病房了。因為他們一直在監視我的行

動，所以派磁浮艇來救我了。」

「啊，好溫柔。」

「然後，您就選好了生存之道對吧？」

「是的。我整了形，成為另一個人，在大國不受拘束的生活，也老了。我還可以講得出來的全部故事，就是這些了。」

「這樣啊……我非常清楚明白了，真是謝謝您。」

「謝啦——哦？有磁浮艇過來這邊了喔，有兩台。」

「啊啊，果然還是發現到我了啊，不回去不行了。」

「原來在這個地方！您又來看採礦現場了嗎，真的很喜歡這裡耶您……不過，拜託請不要讓我們擔心！」

「嗨上尉，抱歉啦。既然你們發現到我了，我會乖乖回去的。」

「您願意這麼做的話，我們也會非常輕鬆啦！如果您還願意不再趁警衛不注意就偷偷逃出來的話，我們會更輕鬆！——話說回來，這邊這位跟摩托車是？」

「旅行者奇諾跟漢密斯。他們應該是靠著古老的資訊，以曾經在這裡的國家為目標而來訪的樣子。因為我覺得滿不可思議的，就跟他們聊了一下，說了點簡單的歷史故事。」

「原來如此，是這麼回事啊。這兩位的接待跟導覽就由我來，請您一定要坐上磁浮艇。」

「知道了——那麼，奇諾還有漢密斯，我這就失禮告退了。」

「好的，真是謝謝您的故事。」

「嗯，謝謝！再見～！」

「啊啊，走掉了～」

「好了，奇諾、漢密斯，我們的國家就在向西越過兩條山脈的前方。如果你們願意來訪的話，也可以搭乘這磁浮艇，不知道意下如何？今天以內應該就可以抵達了。」

「真是謝謝您。只是我認為沿路經歷也是一種旅行，請容我婉謝。我們想靠自己行駛，往你們那邊過去。」

「沒錯沒錯，要靠自己的腳走才行喔。不過摩托車沒有腳就是了。」

「我明白了。那麼，請路上小心。我國不論什麼時候，都歡迎旅客來訪。」

「真是謝謝您。」

「謝啦～」

「最後，我有一個問題想請教——剛才跟我們說話的那位老人，是什麼樣的大人物呢？」

「對對，這個我想知道！竟然讓軍隊來當警衛，他是什麼人啊？」

「奇怪了？他本人沒有把名字說出來嗎……」

「他沒有特別去說自己的事。」

「真的，完全沒有說。」

「這個嘛、是也沒錯啦……畢竟他是位非常有涵養又有魅力的人，像那種炫耀自己功績的事情，他是絕對不會做的。」

「你的意思是？」

「該不會他是個相當有地位的人？」

「講什麼有沒有地位——這十年來，他一直是我國的總統啊！」

第三話

「交換之國」

—*Changeling*—

「交換之國」
—Changeling—

森林當中的路，為落葉所覆蓋。

在這個秋意愈來愈濃的時節，所有的林木都轉為紅葉，並毫不留情的撒下片片落葉。

路也就因此為層層疊疊的落葉所覆蓋，呈現出宛如細密編織而成的地毯那般的美麗模樣。

「好難開！」

車子的駕駛對此給予負評。

平常的話因為看得見路面黃色土壤的關係，像路寬或是彎路就很好分辨；然而如今路面跟森林彷彿已經融為一體，對於握著方向盤的人而言，只有辛苦而已。

「喂喂，讓開讓開！」

小小黃色有些破舊的車子，一面以輪胎與風壓將落葉排開，一面緩緩行駛。

坐在右邊駕駛座上的人，是一名個子較矮但長相英俊的年輕男子。他的左腰上掛著一把點二二口徑的自動式掌中說服者（註：說服者是槍械。這裡是指手槍）。

而在副駕駛座上，則坐著一名將黑色長髮在左邊紮成一束的妙齡女子。這位女子右腿位置的槍套中，收著一把點四四口徑的左輪手槍。

時間是正午。

位於高處的太陽，在葉已落下的樹枝之間若隱若現。

山間的路緩緩起伏，有時曲折有時筆直；車子噴出白色的煙，同時發出高亢的排氣聲響，在這條連綿不斷的路上行進。

而在登上了長長的斜坡，又越過了一座大山之後。

「可以看到了喔，師父。」

男旅行者先將車子停下來，對副駕駛座發聲說道。

在下坡路的盡頭，一片鮮豔的紅葉世界中，有一道石砌的城牆。

灰色的細線在遍染紅葉的森林當中曲折延伸，由此可知那是一個相當大的國家。

「終於到了啊。」

被稱呼為師父的女旅行者略顯疲累地如此說道。

「抱歉師父，畢竟路就這樣。」

「我沒有責備你的意思，只是要表達路很遠而已。因為是好久沒有遇到的國家，我們就去把要賣的東西賣光吧。」

「這一點我大大贊成，如果是一大堆有錢人的國家就好了。」

「正好相反吧。」

「妳的意思是？」

「在只有有錢人的國家裡是賣不掉的。反而在貧富差距明顯的國家中，富裕階級才比較會亂花錢。」

「原來如此……」

男子往後座瞥了一眼。

一個行李箱大小的木箱，就置放在幾支步槍的下方。

在抵達城門的兩人面前等著他們的，是旅行者身分編號及大頭照的身分證書登錄發放作業。

「請將說服者之類的一切武器，寄放在這邊給我們保管。」

以及這樣的一句話。

「在我國，基於維護治安的需要，一般人持有武器會受到嚴格的限制。可以持有說服者的人只有士兵跟警官及通過嚴格審查的警衛而已。而且我國對於這以外的武器也有很詳細的規定。」

一名接近退休年紀的男入境審查官告訴兩人，說服者是一定要收走的，就連弓箭之類的射擊武器、大型刀劍，甚至可以用來當作棍棒使用的物品，都要寄放在城門的保險櫃中保管。

因為拒絕的話就無法入境，換句話說就沒辦法做生意，兩人也只能同意對方這麼做。

兩名旅行者——

「你們到底帶了多少過來……？」

提交了數量上讓負責保險櫃的年輕士兵目瞪口呆的說服者與實彈。如果他們就這麼直接入境的話，這分量似乎連恐怖攻擊或者是軍事叛變都可以輕鬆發動。

「沒有武器的話，不會覺得不安嗎？」

男旅行者對女子悄聲發問。女子則回答：

「只要把在身邊的東西，不管是什麼都拿來當武器就好了。」

「的確。」

正在登記保管物品文件的入境審查官說：

「那個木箱是什麼呢？不會是爆裂物吧？我想還是讓我們檢查一下。」

「才不是呢，是因為覺得可以賣才帶過來的。不至於連旅行者做生意也會被禁止吧？」

男旅行者解開了束帶並將箱蓋打開，裡頭裝的是木屑，而在木屑當中則埋放著黃金王冠、手環以及項鍊等裝飾品。

全都是一眼就知道非常高價的東西，而且數量還相當龐大。

「…………」

男旅行者看著默不作聲的入境審查官跟士兵這麼說：

「很有破壞力吧？」

男入境審查官問話了：

「要、要去哪裡、才可以拿到這麼多這種東西啊……？如果可以的話，請告訴我……」

雖然他的問題應該完全就是在濫用職權，不過男旅行者並不在意，反而有些開心地回答：

「就是從這裡往南走、在相當遠的海那邊的國家喔。」

「我沒聽說在海邊之國可以淘金的……」

「這個就有一點內情啦。打從一開始，這些物品在那個國家就是『不需要的東西』喔。」

「不、不需要的東西……？」

面對眼睛張得圓圓的入境審查官，男子說明內情：

「那裡是一個靠漁業維生的清閒小國，當然也不會從事採礦之類的舉動。這些黃金雕飾，全都是卡在底拖網中的東西。可能是在大家都遺忘的過去當中，有滿載財寶的船沉在海底了吧。然而，他們想要的是鮮美的魚。也就是說像黃金雕飾之類的，就只是那種會卡在網子裡頭，不但麻煩而且還妨礙捕魚的東西。有人一時好奇沒把這些東西丟掉而是拿起來擺在身邊，我們則是在那個國家用一打珍貴的肉罐頭把它們交換過來了。」

「…………」

在一旁聽到這番話的年輕士兵，完全說不出話來。可能在思索自己的薪水跟眼前物品的價格，然後在想東想西了吧。

「唉……」

入境審查官在大大嘆了口長氣之後，頗有感觸的如此說道：

「也就是說『光輝的事物到了認同其價值的地方，自然就會綻放出光輝』嗎。所謂『生意』，還真的就是一種『交換』啊……」

小小的車子穿過了大大的城門。

跟國境外類似的森林，遍布在廣大的國內。

兩者不一樣的地方是，在這處森林當中無盡延伸的路是鋪上柏油的『道路』，彎路旁邊附設了將鐵板彎曲成波浪狀的護欄，還有就是落葉被乾乾淨淨的清除到別處去了。

「這條路就好開了！」

車子隨著男旅行者的欣喜之情一同順暢奔馳，沒多久就穿越森林，通往一個村莊。

村莊的木造民房在道路左右並列，不過這些小小的屋子真的是很殘破。有骯髒不堪的、有開了洞的、連傾倒的房屋都有。

在那些屋子前面，有些衣衫襤褸、沒什麼幹勁的居民們坐著。

「………」

他們一直瞪著路過的旅行者的車子，似乎在無言的表達恨意。

「這還滿那個的。」

男旅行者表露了不知是褒是貶的感想。接著，他迅速開車通過，將村莊拋到自己身後去。

在前進一段路又穿過一處森林之後，這回他們開到一座城鎮了。

這裡並列的是氣派的建築物。

人們朝氣蓬勃，衣著光鮮亮麗；商店在營業，垃圾在哪裡都沒有落地。

面對這個簡直是一個國家、兩個世界般的光景——

「這個國家果然如我們所願，貧富差距好像很嚴重。富有的人不論何時都很奢華，貧窮的人就是長年窮苦的樣子。」

男旅行者表露了他的感想。

然後，他絲毫沒有在意貧窮人們的悲哀——

「就努力賣給願意出最高價買下來的人吧！」

似乎很開心的這麼說。

在這之後兩人繼續在道路上疾駛。

過了中午，他們抵達了位於國家中央的都市，並馬上在好像有很多有錢人的地方找到了一家貴金屬店，把黃金雕飾帶了進去。

然後，他們賺了非常大。

獲利非常非常豐富。

他們在一瞬間所得到的金額，如果用肉罐頭來換算的話可以買到一輛卡車都裝不完。即使把旅行必需的服裝跟工具和食物以及燃料都買到滿，錢還是綽綽有餘。

兩人在有錢人的區域中，找了間看起來是這個國最豪華的旅館訂了房間。

「那麼，就偶爾讓我瘋狂一下吧。」

「隨你便。不過，別像之前那樣掉到壞警官的圈套了。」

「我會非常注意的。因為再讓妳大鬧一場的話我就不好意思了。」
「這回我不會救你喔。」
「嗚咿，那我走了。」
男子氣勢洶洶的向夜晚的街道而去。
女子則在自己房間裡蓋著白色被子休息，舒服睡了一覺。

這是在第二天所發生的事。
在非常晴朗的白天森林當中的道路上。
「已經要離開了嗎？還是再爽玩個幾天吧。」
在外過夜到今天早上才回來坐在駕駛座上的男子說。
「那麼，就只好我一個人來駕駛了吧。」

「交換之國」
—Changeling—

不過女旅行者則冷淡的回應著。

「嘖。」

男子嘟了一下嘴，將細細的方向盤左轉右轉，穿過彎道向前行。

兩人行駛的這一帶是山的坡度較為平緩的地方。可能因為這樣，這裡看來就成了有錢人居住的別墅地區，在滿布紅葉的森林中，豪華的宅邸不時若隱若現。

「都是大房子呢～如果生長在這種『世界』的話，我大概也不會從小就學壞，會走著跟現在不一樣的人生之路吧？」

男子一面回憶著自己遠離已久的故鄉往事，一面說。

但在說完之後

「不對……要怎麼說呢？也許我馬上就過著糜爛的生活，走向『別的世界』也說不定呢。」

他又如此訂正。

「是你的話，應該可以設法順利活下來吧。」

「哇喔！被妳誇獎我好高興啊。」

「我沒有誇獎你的意思，不過也沒有貶低你的意思。」

「原來如此，也就是說妳要我活得像我、忠實於自己的慾望活下去對吧！」

「雖然我不知道為什麼會變成這種結論，不過就當作是這樣吧。」

「順著忠實於慾望這句話說下來，這個國家有沒有更賺錢的『工作』啊？這車子還可以載更多喔？」

「就期待你自己的幸運吧。」

「了解！期待期待！我會滿心期待！」

小小黃色有些破舊、但就是引擎特別有力的車子乘載著兩人的對話，繼續奔馳——

來到了一處岔路。

「喔？」

男子停下了車子。

在兩人面前，森林中的道路清清楚楚的分向左右兩邊，兩邊同樣寬度。不管是右邊還是左邊的道路都在森林中隱沒，而且沒有任何路標之類的東西。

「雖然我聽說這條路就是一直線通到底……可是這個是要走哪邊啊……？」

「誰知道。」

「啊啊，我知道了！師父，這個、就是那個啊。」

「是那個嗎。」

「對！就是所謂『命運的岔路』啊！我們也有遇到過好多次對吧！在這個地方的選擇，將會激烈改變今後的人生！」

女子轉頭對講得很誇張的男子瞥了一眼，說：

「那就隨你高興吧。」

「好乾脆！嗯～好煩惱啊……」

男子就這麼煩惱起來。

「因為我是左撇子，所以是左邊……？」

他繼續煩惱。

「不對，要鎖定目標是往右邊會比較好抓，這裡就右邊……？」

他一直持續煩惱。

在經過幾十秒以後。

「你打算在這裡住下來嗎？不過是在浪費燃料而已。不管去哪裡，誰的人生都不會有什麼大改變。」

就在原本一直沉默等候的女子終於說出如此話語的時候——

有個人從眼前的森林中飛奔出來。

是個女孩。

一頭褐色長髮在頸後紮成左右兩束，雖然身材修長，不過從那帶有雀斑略顯稚嫩的面容可以推測出年齡來。她的年紀，差不多是在十二、三歲吧。

她身上穿的是灰色的粗花呢連身裙，腳上穿的則是稍微長一點的褐色靴子。

而且，這女孩還全身披滿了落葉。

不管是頭髮還是身上，都有大量色彩繽紛的落葉黏附著。

「這穿搭真新潮呢，師父。」

從男子那邊得到了這樣的感想。

這名從森林奔跑出來的女孩——

好像是受到後方的某種威脅一般，保持向後轉頭的姿態奔跑著，在她回頭向前的一瞬間，先是腳猛烈撞上車子的引擎蓋，接著整個人也撲了上去，額頭「吭」一聲撞到前擋風玻璃，就這麼失去意識。

「妳醒了嗎？」

女旅行者對睜開眼睛的女孩出聲叫喚。

女孩橫躺在平鋪於路旁的睡袋上，男子則站在車子旁邊警戒四周。

「咿咿咿！」

女孩一看到女子就相當害怕，連忙想要起身。

「放心，我不是『正在追妳的某人』。」

不過在女子如此說完之後，女孩眨了眨眼睛好幾下。

「您、您是、哪位？」

她以禮貌的語氣問道。

「我是旅行者，不是這個國家的居民，昨天剛入境。」

女子說到這裡，從懷中將旅行者的身分證書掏出來展示了一下，繼續說：

「這個男的也是。為了去城門，我們正要通過這條路。」

「沒錯沒錯。午安，小妹妹。」

在男子說完以後，女孩慢慢撐起上半身，先是仔細並交互端詳著兩人的臉及兩人的身分證書，然後安心的呼出一口氣。

接下來。

「救、救救……我……」

她以微細的聲音如此說。

「救妳是不打緊。那麼，為什麼妳會逃到這裡來，又是誰在追妳，可以讓我們知道嗎？」

在聽到女子沉穩的聲音——

「說的也是，畢竟不知道狀況的話也就不知道該怎麼做才好了。」

跟男子輕快的聲音之後，女孩露出一絲悲傷的表情。

雖然露出了悲傷表情，不過她馬上明確答道：

「我、被奇怪的人纏上了——有這樣的感覺……」

「被奇怪的人纏上了，有這樣的感覺？」

女子溫柔的以詢問語氣重述一遍，女孩則無力的點了點頭：

「是的……」

「就算說來話長也沒關係，妳把詳情告訴我們吧。反正我們沒什麼重要行程。」

「真……真是謝謝您。我的名字是——」

「那不需要說。因為我們也不會報上姓名。」

女子強硬插進來的話語，雖然讓女孩瞬間愣住。

「…………我明白了。」

不過她似乎是察覺到了什麼，或者可能已經靠自己得到了結論，坦率的點了點頭。

然後，在男子以炯炯目光看向周圍的同時，她向一直凝視自己的女子，開始講述一段故事：

「五個月以前，我的父母親因為交通事故身亡了。他們是既溫柔又優秀的父母親，這件事當然讓我很悲傷，可是不管怎麼悲痛他們兩個人也不會復活，所以我心想，這是無可奈何的事，是神明給我的試煉。」

「原來如此，這種心情是很難受。那麼，妳所謂『被奇怪的人纏上了的感覺』是？」

「這是我一個人生活、差不多三個月以前開始的事。在我走出當時住的公寓大樓的時候，或者是從學校回來的時候，還有跟朋友買東西的時候，都會有一種有人從遠遠的地方在看我的感覺……一開始，我甚至以為是天國的父母親在守護著我……可是我想並不是這樣……當然，因為我沒有清楚看到是誰，所以我曾經覺得就當作是自己多心了。可是這樣的事一再的持續發生，我就愈來愈害怕了。」

「原來如此。妳以前是住在人多的都市地區吧？現在呢？」

「我現在住的家是在這座森林的深處。原本是別墅，不過因為大家跟我說住在充滿自然風情的地方比較好，所以我就這麼做了。」

這句話明顯表示，這女孩在這個國家是活在「有錢人的世界」。

真好啊～

男旅行者雖然這麼想，不過他當然沒有把話說出來。

「然後？」

「自從來到人少的這個地方以後，有人在看我的感覺確實就消失不見了。我還在想果然是我多心了，已經沒問題了，沒有跟任何人講真是太好了……可是，剛才……我在森林散步時，大樹背後出現人影……那個人穿黑衣服還用黑黑的東西遮住臉……眼睛放出尖銳的閃光看著我……」

女孩說到這裡，可能鮮明的回憶起那時候的光景，突然全身顫抖起來。

女子伸手溫柔的搭在女孩雙肩之上，說：

「然後，妳就害怕到慌慌張張地逃過來了，是這樣對吧？」

「是的……可是！可是……那到底是誰、其實我不是很清楚……也許就只是我看錯了也說不定……可是、可是，可怕的事情只要一想起來就沒完沒了……忍不住會覺得父母親的意外身亡，他們開車撞到樹，會不會都是那個人事先設計好的……我、我會不會也要被殺了……」

男旅行者雖然這麼想，不過他當然沒有把話說出來。

不安喚起不安，自己一覺得害怕就忍不住會胡思亂想某些事情。這個嘛也是常有的事了。

「原來如此，我非常清楚了，謝謝妳說這些事，站得起來嗎？」

女子見女孩點點頭，便讓她慢慢站起身來。女孩撞到的額頭，出現了腫包跟瘀青。

「妳的頭會昏嗎？」

「我沒事，謝謝您。」

就在這時候，女旅行者注意到在女孩的脖子左邊，也就是紮起來的頭髮底下，有一個像痣的淺色斑點。

簡直就像是小蝴蝶在飛舞一般，形狀很可愛。

「妳脖子後面，不是撞到的吧？」

「對，是天生的。雖然有點不好意思，不過朋友對我說那是我的魅力所在。」

「妳有很好的朋友呢。」

女旅行者如此說完——

「不管『有人在看妳』這件事的真相是有還是沒有，讓妳感到害怕這一點是事實。」

便回歸正題。

「所以，接下來我們可以一起去妳家看看嗎？如果真的有誰在那裡，我們會守護妳；即使沒有

任何人在那裡，也可以跟妳借個電話叫警察來。在警察過來保護妳以前，我們會一直在妳身邊。這樣妳覺得如何？」

女孩雖然煩惱了幾秒鐘，不過最後還是用力點了點頭。

師父直接請警察照一般程序帶走並保護她不是比較好嗎？

男旅行者雖然這麼想，不過他沒有把話說出來。

即使開車到女孩的家，也有相當遠的一段距離。

雖說是一直線穿過這座森林猛衝而來，但男旅行者很清楚這個在後座縮成一團的女孩是在多麼驚慌失措、而且是在多麼拚命的情況下才這麼逃出來的。

因為讓她的不安復發也很討厭，所以他當然沒說出口，默默地握著方向盤。

「就是這裡……」

車子在女孩指示下停下來的地方，是一間別墅的面前。

「哦～這房子不錯。」

男旅行者這回說出口了。

在堅固的大門後方，有座因入秋而化為褐色的草地庭園、如今已沒有水的泳池、以及金屬捲門緊閉的木造車庫。

另外，以紅磚砌造的大屋子也矗立在那裡。

這屋子是二層樓建築，位於中央的暖爐煙囪筆直向上延伸。雖說也算是別墅的它是沒有大到那個地步，不過就算這樣也是一般庶民遙不可及的奢華程度了。

高高的柵欄在森林中將別墅用地圍了一整圈，就像是城牆圍繞國家那樣。比成年人的身高還要高上差不多一倍的柵欄前端尖銳無比，似乎無法輕易越過。

車子在門前停下。

「那麼我先去稍微看一下。」

男旅行者先下了車。

他在四周大略走了一遍，環顧是否有可疑的人，側耳傾聽，然後回到車旁，說：

「現在這時間點，完全沒有任何人的氣息呢。」

「要進屋去嗎？」

女旅行者發問。女孩雖然因為不安無法隱藏緊張的神色，但她還是用力點點頭。

女子以守護女孩的姿態從車上下來，隨即站在後者身旁。她緊緊跟在女孩的右後方前進，而在她們的左後方則有男子跟著。

三人離開了停在道路上的車子，往大門前進。

雖說是理所當然，不過那道大門也是重重上了鎖。女孩用掛在她脖子上的鑰匙打開門，三人進入門內，又將門緊緊關上。

因為女孩先前出來的地方是面向森林的後門，於是三人走過了視野開闊的庭園草地，往那道門而去。

女子與女孩在與門稍微有段距離的前方停下腳步，唯獨男子向後門走去。這邊的門也是緊緊關上的。

男旅行者在後門四周以幾乎全身趴下的姿勢將臉貼在地面，像是在檢查些什麼。女子則對露出不可思議表情的女孩如此說明：

「如果有人的足跡，他馬上就會知道。別看他那樣，在這種事情上他就是特別優秀。」

男子走回來說：

「雖然我覺得『別看他那樣』是多講的——啊，我的耳朵也很靈喔。這邊的四周也沒有異常。今天除了這女孩子以外，沒有任何人進入這庭園過。」

「是、這樣嗎……」

女孩露出複雜的表情。

安全是件好事，不過自己的害怕果然只是幻想嗎？她的表情混雜了這樣的不安。

三人進入了屋子裡。當然，正面入口也是大門深鎖。

進到屋裡一看，裡頭可說是美輪美奐。

一進門就來到客廳，牆邊架上，擺設了看起來很堅固的花瓶，看不出來是誰的臉的大理石像，比人還要高的檯燈，以及應該不存在於這個國家、以沙漠為主題的繪畫——豪華的裝潢與傢俱環繞四周，整個空間一塵不染。地板上鋪的地毯又厚又蓬鬆，而且織工精細，如果要買下來的話得花多少錢，還真沒辦法估算。

男旅行者取得女孩的許可後，在屋裡四處檢查。果然沒有任何人在這裡，也沒有任何人侵入的

跡象。

「總之，妳父母親留下來給妳的這個地方是可以放心的。那麼，為了確實消除妳的不安，就先叫警察過來吧？」

對於女子的提問，女孩回應了「好」跟「不好」以外的答案：

「那個……果然……是我弄錯了嗎……？是我對不存在的人感到非常害怕……一直在自己嚇自己嗎……？」

「這點我還不清楚。不過，一直懷著不安活下去是很難受的。即使只有一點點，妳也必須朝解決問題的方向前進才行。」

「會不會、明明我可能就是很離譜的弄錯了，但還是去叫警察，這樣子沒問題吧……？」

「沒問題的。因為我們是旅行者，總有一天一定要出境。即使受妳僱用，我們也不能一直守著妳。如果是警察的話，他們在這之後也會受理妳的諮詢，而且也應該會守護妳吧。」

沒錯沒錯，尤其如果妳是有錢人的話，他們就會成為妳的友軍喔。

男性旅行者雖然這麼想，不過他當然沒有說。

「就一步一步的向前進吧。」

女子以溫柔的語氣說出這句話，同時家中的鈴聲也大響起來。

「咿！」

女孩雖然小聲發出尖叫，也小小顫抖一下，但她立刻就鬆了一口氣，如此說道：

「是在正門旁邊的呼叫鈴，好像是有誰來了的樣子。」

女子隨即發問：

「有誰跟妳約好要來訪嗎？」

「是沒有，不過還滿常有附近的人過來把菜餚分享給我。以前從來沒遇過這種事，不過最近還滿頻繁的。」

「這個就是那個啦——」

好久沒開口的男旅行者開了口。

「擔心妳一個人住，就找個藉口來看妳嘍。是很好的鄰居嘛。」

他以開朗的語氣這麼說。

有錢人會很想幫助有錢人，因為這麼做比較可以帶來財富。

雖然他同時也想到了這樣的事情，不過這種事他當然沒有說。

「既然這樣，就必須要出去應門了。要一起去嗎？」

女子如此說完，兩人便開始擔任女孩的護衛。

女子先走一步。

「也好，可疑的人應該不會把呼叫鈴弄響吧。」

男子則隨口說著，緊跟在後。

三人走出屋子往門方向過去，首先看到的是在大門後方的旅行者的車子；而在那車子旁邊，可以辨認出有一個女人站在那裡。

以年紀來看，應該在二十五歲到三十五歲之間，留著一頭整齊的黑色短髮。

她身穿簡單款式的黑色長褲，以及大尺寸寬鬆造型的奶油色毛衣。腳上穿的則是方便行動的鞋帶式運動鞋。

「是住在附近的人嗎？」

女旅行者提問。

「不是，是第一次看到的人。」

女孩回答。

三人繼續走近，女人露出微笑。

「各位午安，我是昨天搬到隔壁那塊地的人。我在散步的時候想到要順便跟各位打個招呼，就回頭走過來了。」

如此搭話過來。

「真的很謝謝您的關心。我剛成為這個家的主人，這兩位是我的客人。」

在女孩以真誠有禮的態度，回答女人的問題之後。

「哇啊！聽起來是有什麼狀況呢……有什麼我可以效勞的嗎？如果可以，我想跟您聊一聊，打擾您一點時間方便嗎？」

女人這麼說。

「咦？」

面對驚訝且憂心地回頭望向自己的女孩。

「沒問題的，喘息一下也是有必要。我們這邊的事情晚一點弄也沒關係。要不要一起喝個茶呢？」

女旅行者溫柔的說。

雖然女孩稍稍露出不可思議的表情，不過沒多久就點了點頭。

「那麼。」

女子將男子帶在身邊走近大門，從內側打開門鎖。

「請進。」

而在門開啟之後。

「謝謝。」

女人在點頭致意的同時進入門內，接著她將雙手突然伸進寬鬆的毛衣下方，取出小型的雙刃刀。

「所有人待在原地不准動，不然就把你們殺了！」

女人這句恐嚇的話語——

「喝！」

跟女旅行者抓住男子手臂強力旋轉的動作，在完全相同的時間發生。
「哇！」
男子整個人被拋出，向雙手持刀的女人飛去。
兩人就這麼激烈碰撞，形成男人壓倒女人的態勢。就在這個時候，女人所持的刀子刺進了男子的右手臂。
「呃啊！」「好痛！」
兩人的聲音聽起來同步了。
「啊啊真是的！」
唉聲嘆氣的男子，就這麼順勢將女人向下壓倒，同時以右手掌底，對即將倒地的女人左太陽穴給予一擊。
「呃啊！」
女人就此昏迷，世界也迅速變得安靜。

數秒之後。

「咿！咿嗚！咿呀！呀啊啊！」

女孩用連慘叫都談不上的聲音打破寂靜。

「這個人，就是一直纏著妳的犯人喔。」

女旅行者則在女孩出聲之後，以冷靜的聲調說。

男子將失去意識的女人身體翻成趴在地上的姿勢。

「啊～好痛。我說師父，可不可以請妳不要拿我來當『武器』啊？」

同時加以抱怨。他的外套右手部位，開始滲出血來了。

「因為你就在身邊。」

「的確……」

男子將女人的手拗向背後，用女人的鞋帶將她的大拇指綁在一起。

「總之，這樣一來就可以安心了吧。」

女旅行者這麼說。

在屋裡的客廳裡，被制伏的女性襲擊者在椅子上坐著，一雙腳踝跟被拗到背後綁在一起的兩隻手都用繩子固定於椅子上。因為總不能將女人綁在正面入口的門上，男子就將她扛到這裡來了。

「我……我……果然沒有弄錯對吧……」

女孩一面非常緊張的看著依然失去意識的女人，一面在房間的最角落低吟著說。

「看起來是這樣沒錯。雖然我沒有這個人是犯人的確實證據，不過她露出馬腳幫了我很大的忙。」

在她身旁的女旅行者，以實在乾脆的語氣這麼說。

「從一開始，您就已經預料到了嗎……所以，您才會提議引誘她進來嗎……」

女孩完全理解了。

「是的。對於像是在利用妳當誘餌的事，以及讓妳感到恐懼的事，我道歉。」

「不，沒有那個必要。您幫助了我，我真的真的、很感謝您……如果是我一個人的話……真的不知道會變成什麼樣……」

「妳客氣了。」

「旅行者……您真的很強呢……可以正面抵抗拿著武器的對手……」

「因為拿武器的人容易輕敵，也就很容易搞定。讓對手輕敵，可說是最重要的作戰行動。」

面對如此平淡說著的女子。

「這樣啊……」

女孩不知道是深受感動還是大為傻眼或者是兩個都有，長長的嘆了一口氣。

「我報了警，在附近的警車好像馬上就會過來了。」

男子這麼說著，從電話所在的走廊現身。脫下外套的他，襯衫右手臂部位已經染紅。

「對了！要處理傷口！」

對於女孩的建議。

「啊啊，沒關係，傷口沒有那麼深啦。在旅行的時候——我訂正，在跟這個人旅行的時候，這種事情是家常便飯了。妳可能很難相信，我甚至還為了要偽裝而被這個人砍過。不過也好，就請妳來處理吧。」

男子在拉拉雜雜說了一堆後，接受了。

然後他又補充了一句：

「也不能把這地毯弄髒了。」

在女孩用繃帶將不是擦傷但也沒受重傷的男子手臂包紮完畢；而女旅行者也把所有人的茶泡好的時候，警車在門外停了下來。

有兩名身穿深藍色制服的男警官，乘坐一輛巡邏車過來。女旅行者走向門去迎接。

其中一名警官，大概是二十五歲上下或者近三十歲的年紀，是還算年輕的男子。

另外一名警官，則是個年過四十、可能已經邁入五十歲的中年男子。也就是說這組搭檔有父子等級的年齡差距。

女旅行者在帶領他們進入屋中的同時，用目光打量了跟警棍與手銬一起掛在警官腰帶上的點三八口徑左輪手槍。

而且，也看了在兩人雙肩上發亮的階級章。

進入客廳的兩名警官雖然對被綑綁的女人感到吃驚，但還是聽取了女孩的說明。

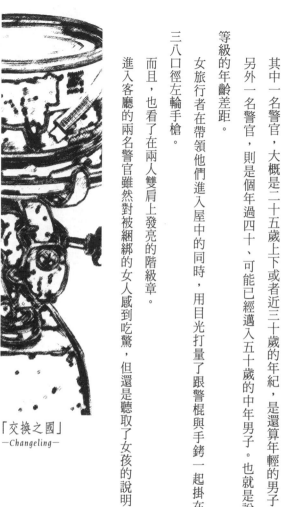

女孩彷彿是在證明自己的頭腦清晰一般，準確且不帶贅詞的簡潔說明到目前為止的事情經過。她也沒有忘記對今天才偶然認識就幫助自己的兩位旅行者表達深深的感謝之意。

女孩的說明結束之後，開口的是年輕警官。

「我非常清楚明白了，妳一定很害怕吧，小妹妹，妳已經沒事了——再來是旅行者們，感謝你們的協助。你們漂亮拯救了我國的未來、也就是年輕的生命；請容許以我的名義推薦你們接受表揚。」

中年警官在他的旁邊沉默不語，一副冷淡又無趣的表情。

男旅行者在這時候也察覺到了。

年輕警官肩上的階級章星星比較多，也就是說他比較「高層」。

呵呵，所謂「以我的名義」，就是在說我要將功勞據為己有，你什麼也別幹啦。

男子雖然這麼想，不過他當然沒有說。

男子轉而看著依然在昏迷中的女人，同時對年輕警官詢問：

「我並不需要表揚，不過很想知道這個女人的犯罪動機。雖然靠你們偵訊或者是法官判決之類的，不管用哪個方式都應該會真相大白，可是我們也不知道能不能在這個國家待那麼久。」

「我也持相同意見。那麼，我們就稍微問問看吧。」

女旅行者逕自快步走近女人身邊——

「抱歉。」

她將對方的短髮使力抓住，向上拉扯。

「嗚……」

女人在尖銳的疼痛中皺起眉頭的同時——

「嗚？」

也恢復意識。

「嗚嘎啊啊啊啊啊！」

接著就瘋狂掙扎，就像是誤觸陷阱被關入籠中的野生動物一樣。綁著她的椅子發出嘎噠嘎噠的震動聲，彷彿馬上就要散掉的樣子。女旅行者不膽怯也不慌張，像是在丟垃圾一般的讓頭髮離開自己的手。

「……！」

男旅行者站到再度因害怕而顫抖的女孩前面，警官們也抽出腰間的警棍。

「安靜。」

不過女旅行者毫不留情地朝對方脖子劈了下手刀。

「唔！」

女人受到強烈的疼痛而扭曲著身體，同時逐漸安靜下來。

「可惡……」

女旅行者站在呻吟的女人面前，詢問道：

「五個月前，將這女孩的父母親殺害並偽裝成意外事故的人，就是妳吧？」

這話語簡直就像是在詢問晚餐的菜單一樣，語氣甚為平常。

而被詢問的人也以簡直就像是在回答「今晚是牛肉濃湯哦」一樣的口吻這麼說：

「是啊，就是我把人偶往路上丟過去的。他們如我所料慌慌張張的打方向盤撞向樹林，女的這邊非常漂亮的撞爛了！內臟都從嘴裡頭跑出來，那模樣看起來還真美妙啊！男的那邊則還在死撐口氣，我就痛揍他的頭好幾下給他最後一擊啦，真爽啊！」

「…………」

女孩連慘叫聲都發不出來，肩膀幾乎要垮下去。

「哎呀。」

男旅行者用包了繃帶的右手臂撐住女孩肩膀，順勢讓她坐在遠離女人的豪華沙發上。

「剛才這些都聽到了吧？」

對於女子的問題——

「是啊，聽得很清楚，是殺人的自白啊。」

年輕警官將警棍拿在手上，以嫉惡如仇的表情回答。

「不過呢，我完全沒有錯啊！」

女人的語氣跟在門邊時那端莊有禮的問候完全不同，她以粗俗的聲調說：

「如果聽了我的理由，不管是誰都會非常贊同我的啦！所有人一定都會同情我的啦！」

那是確信犯——也就是『一直相信自己所做的事是正確的犯人』的口吻。

「怎麼說？」

在女旅行者附和之後，女人答道：

「因為在那裡的那女孩，其實是我的女兒啦！」

經過了幾秒鐘的寂靜後。

「啥啊啊啊？」

最先忍不住的人是男旅行者。

在女孩身邊，從剛才開始就一直失神發愣的他，突然縱聲高叫。

「不小心毆打到妳的頭，真的很抱歉。」

接著就向女人賠不是。

「你這個混帳王八蛋！」

然後就被女人怒罵了，用髒話罵。

「我才沒有被你毆打到頭殼壞掉咧！原來打從一開始，你就以為我殺人是殺好玩的嗎！別開玩笑啦！」

「是的對不起，那妳意思是？」

「這孩子是我懷胎十月生下來的女兒啦！」

「不對不對不對，為什麼會變成這樣啊？這孩子是這個家的孩子吧？她大概跟妳不一樣，是在富裕的家庭中成長的——」

「你這個混帳王八蛋！所以說，她當然是被交換掉了啊！」

「啥？」

「你給我把話聽到最後啦！」

「我就聽吧。請說請說。」

「十二年前！連爸爸都不知道是誰就懷孕的我呢，想說就算這樣也要生下來，很拚命努力啊！然後在醫院裡，我吃足了苦頭後終於生了個女孩！是個健康的孩子！我聽到了很有精神的哭聲！可是呢——！」

在沉靜的客廳中，被綑綁的女人聲音繼續響起：

「在我累到不行睡了好幾個鐘頭以後，一個根本不知道自己有多白痴的混帳醫生過來說了一件我完全無法想像的事！說什麼：『很遺憾，你女兒過世了！』然後交到我手上的，只有一撮剛火化

過還熱騰騰的骨灰！搞屁啊啊啊！」

「然後呢？」

女旅行者催促對方繼續說。

「我連申訴都不准，明明肚子還在痛就被人從醫院攆出來啦！說什麼因為妳是窮人所以就不收妳錢，可是也不能讓妳繼續住在病房裡咧！我手上拿著裝了骨灰的小袋子，呆呆的過了好幾天跟死沒兩樣的日子，然後我就發覺到啦！」

「發覺到什麼事呢？」

「我的孩子就是跟某個人已經死掉的孩子交換掉了啦！一定是有錢人！因為有錢人的女人生下死胎了，就把我那健康的孩子交換過去養了！所以才會為了不讓事跡敗露把死胎拿去火化湮滅證據！那個醫生會擅自決定要幹這種事嗎！不對不是這樣！醫院跟有錢人也都知道！所有人都串通好了！在這個國家，有錢人可以得到任何東西，就是那麼幹的！」

女人激動的一口氣說到這裡，稍微有些喘不過氣來。

女旅行者將桌上原本是自己的杯子拿起來，給女人喝茶。

「啊啊！謝啦！我可以繼續說嗎？」

「請說。」

「發覺到真相的我，發誓絕對要把自己的女兒找回來！可是，要怎麼做才能發現到她，我一直一直都想不到。在貧窮中拚命活下去很辛苦，我放棄了好幾次好幾次又好幾次啊！可是呢，神一直有在看啊！那是差不多一年前的事了，我在又髒又臭的垃圾場工作時，有個機會看到從有錢人學校丟出來的文件！我拚了命的在學生名冊上檢查搜索相近的出生年月日——然後我找到了！終於找到了！在那裡的那孩子，正是我那被交換掉的女兒！」

「哎呀……這已經不知該怎麼說了……」

男旅行者先聳了聳肩，然後說：

「我是很佩服妳的強大思考跟行動力啦，可是妳這麼說的『證據』呢？這些話會不會全都只是妳擅自認定而已？雖然我不是很想說，可是有活力的小嬰兒突然死掉的機率並不等於零喔？」

「這種事我知道啊！可是呢，我一看到那孩子就知道了！我有確實的證據！所有人去看那孩子的耳朵！耳垂很大對吧？跟我是一樣的啦！」

男子往在旁邊的女孩耳朵瞥了一眼。確實是有福相的耳朵，而且那個一臉得意瞪過來的女人也

有相似大小的耳垂。

「不對不對，就只有這樣而已喔……耳朵有福相的人很多啊，像我伯伯也是這樣啊～」

在男子傻眼的那一瞬間。

「那麼，這麼說的話你覺得怎麼樣呢？」

女人粗野的笑了。

「我呢，雖然又笨又窮但只有記性特別的好！在我只抱過一次的女兒左邊脖子上，有個像蝴蝶一樣的痣！」

「咿！」

女孩小聲慘叫，反射性的伸手觸摸脖子。

看到這個動作的警官們也似乎有所理解。

「…………」

他們保持靜默，看著女人跟女孩，在她們兩人之間來回比對。

「怎樣你們懂了吧！」

女人炫耀她的勝利。

「你們看吧！我沒有錯！因為我在跟她擦身而過時，確認過好幾次好幾次又好幾次啦！怎樣啊活該！混帳醫生跟混帳有錢人！綁架我女兒的大壞人！活該！呀哈哈哈哈哈！呀哈哈哈哈哈！」

她在繼續大聲叫囂之後，又突然尖聲大笑起來。

在笑得像是壞掉的機器一樣有好一陣子之後，女人將臉轉向兩名警官，說：

「喂條子！我可是殺了把孩子搶走的有錢夫婦哦！我就是犯人！好了快點逮捕我啦！就算是混帳窮人，也是有接受審判的權利吧！你們很想把殺了有錢人的我判死刑吧！好啊，就來審判啊！這樣的話我就把一切都說出來！我為什麼會做這樣的事！那對夫婦又幹了些什麼！就把母親對孩子被搶走的怨恨、對有錢人的憤怒全都說出來吧！一定會成為大新聞的！」

女人一面把椅子搖晃出嘎噠嘎噠的聲響，一面似乎很開心的叫著：

「好了快點逮捕我啦！呀哈哈哈！」

女人的笑聲。

「噗！啊哈哈哈！啊哈哈哈哈哈！」

被男人的粗壯笑聲蓋過了。

直到剛才一直沉默不語的中年警官，突然噗嗤出聲，隨即放聲大笑。

這下子連旅行者們也感到驚訝，男子瞪大眼睛還不停眨眼，女子則略略皺起眉頭。

中年警官似乎發自內心感到喜悅的大聲叫道：

「哎呀，這不是很有趣嗎！有什麼好隱瞞的，其實我也算是個混帳，實際上我就是出身在一整個混帳的貧民窟啦！不過還真諷刺，我竟然幹上了曾經給年輕時候的自己吃了不少苦頭的警官！即使現在，我還是最討厭在警界高層作威作福的有錢人！我最討厭這個國家的這些有錢人了！所以，如果能透過審判讓內情明朗化的話就超有趣的！啊啊、好喔！我會很高興的來逮捕妳喔！我也來做偵訊筆錄吧！這傢伙還真令人期待啊！」

中年警官將警棍插回腰間，他的手則從腰包裡拔出手銬來，往笑得不懷好意的女人那邊走過去。

年輕警官在其身後像是在說「真拿你沒辦法」一般，也還是將警棍插回腰間，他的手拔出左輪手槍，朝同僚的背射擊。

砰砰砰。

三發槍聲在客廳中響起。

「咿！」

女孩也在同時小聲慘叫。

「嘎呼？」

中年警官以不知道發生什麼事的表情轉過頭去，用手觸摸制服背後已經濕透的地方，再移到眼前看著手上鮮紅的血。

「啊嗚？」

感覺自己的頭好像在搖晃昏眩，就這麼臉朝天往地毯上倒下去。雖然巨大的身軀落在地板上，但拜厚厚的地毯所賜，幾乎沒有弄出聲響來。

然後他就再也沒有動作。不管從任何人的眼中看來，他就是成了一具屍體。從後方不斷溢出來的血，迅速滲進高價的地毯並染遍四處。

年輕警官的右手繼續拿著左輪手槍，幾縷硝煙沿著槍身兩側分別擴散。

「啊啊真是的，敗給你了。」

他開口說話了：

「你這樣很讓人困擾耶，突然對工作有熱情起來幹嘛呢，明明平常的你只會想著用單手抓甜甜圈藉機摸魚的說。貧窮出身永遠幹基層的警員就是因為這樣，我才討厭啊。」

「……………」

女人交互看著死掉的警官跟活著的警官，說不出話。

「原來如此，也就是說，一切都是真的嗎。」

女旅行者從女人的椅子後方退了幾步，平淡的說。

「是啊。不好意思啊旅行者，讓你們捲入奇怪的事情中了。」

減為一人的警官以極度平常的表情回答，隨即將說服者的槍口轉向椅子上的女人。

「……………」

面對已經整個傻住的女人，警官似乎是在曉以大義一般的陳述著：

「喂窮人，妳真的是個很了不起的傢伙呢。妳說的沒錯啊，在這個國家的醫院，像妳們這種窮人生產出來的健康孩子會跟可憐夫婦倆生出來的死胎交換，這種事從以前就常有了。那個女孩子應該也是這樣吧，應該就是妳親生的吧。」

「……………」

「運用這種交換管道得到健康孩子的富裕夫婦，會捐給醫院一筆龐大的謝禮金；靠著這樣的錢，醫院得以健全的營運，以結果來說也可以救出更多的人命；而窮人的治療費，就是從這筆錢支出的啊。身無分文的妳可以免費生產，也是託那些人的福，妳應該不知道吧？」

「…………」

「然後妳想想看。像妳們這樣的窮人，在一個連正常的飲食都沒辦法供應、比家畜圈養的地方還要骯髒的貧民窟中，在周圍充滿無力感與暴力的環境下養育孩子；跟在一個像樣的世界而且周圍環繞著愛，不會飢餓也不用因為受寒而顫抖的環境下讓孩子成長，哪一個地方對那個孩子來說比較幸福？妳想讓女兒背負跟妳自己一樣的勞苦嗎？」

「…………」

「看看這個氣派的家吧，這才是『人類的生活』。看看那個孩子吧，她被教養得非常正直、穿著漂亮的衣服、還能夠說著有禮貌的話語。在那面牆壁上擺設的，可是著名的鋼琴比賽冠軍獎盃喔？而在那旁邊的，則是幼年學校成績最優秀學生的獎狀。她不正是足以肩負這個國家未來的美好人才嗎。如果她在貧民窟中在妳的養育下成長，能夠這樣嗎？不能吧。頂多就是長成像妳這樣的沒

「交換之國」
—Changeling—

品女人罷了。不過嘛，在這之前，她或許會因為營養不良就死掉了也說不定。」

「…………」

「所謂的人哪，如果沒辦法去到認同其價值的地方，光輝的人也綻放不出光輝啊。」

這段說得頗有感觸的話語，引起了男子的注意。

「啊啊，原來如此！——警察先生，你也是那樣的吧？」

「嗯？是啊。」

警官很乾脆的、似乎還有點高興的承認了。女旅行者則是一臉「就算是這樣也不意外」的神情，默默點頭。

不明白這段對話含義而目瞪口呆的女人跟女孩略略偏頭表達不解，年輕警官轉向她們兩人答道：

「我也是『交換之子』啊，不知道跟我有血緣關係的親人長什麼樣子，然後就在警察官僚的家庭中長大了。我的父母親既嚴格又溫柔，是最棒的親人。在我憑實力錄取警察大學的時候，他們把一切都告訴了我。那時候偉大的父親說：『雖說是不斷發生的慣例，但如果要嚴格的去適用法律的話，這是違法的行為。誘拐的追訴時效不會消滅，要告發我還是逮捕我，就以你的自由意志去決定』，而那之後我做了什麼，應該也用不著說了吧？」

「…………」

「…………」

在什麼話都說不出來的兩人當中——

「好了，小妹妹。」

警官面對比較年輕的那一個人，向前走了幾步，左手伸向剛才自己所殺的男子腰間，將他的左輪手槍從槍套中用力一拔拿出來。

接著走到女孩眼前。

「小妹妹，妳不想為親愛的父母親報仇嗎？」

他將那支裝了六發子彈的槍的握把對著她遞了過去。

「咦……？」

警官一面看著女孩的眼睛，一面溫和發問：

「這個女的，不過是個只有血緣跟妳有關係的『無關人士』。而且，她殘忍殺害妳親愛的父母

親，是最卑劣的凶惡犯罪者。雖然十有八九應該會作出死刑判決，不過她在審判時講東講西，對妳的人生還是會造成進一步的傷害吧。在這裡就殺掉是最好的辦法，當然由我來幹也是可以的……不過如果是我的話，我會覺得『為父母親報仇』還是要親自下手啊。」

「…………」

「不用擔心，妳該記下來的劇本是這樣的：『一個腦子怪怪的窮女人為了錢殺了父母親，甚至還想殺了自己。那個女人偷襲了趕過來的兩名警官，她搶了年輕警官的說服者，殺了一名中年警官。自己則把中年警官的說服者搶下來，渾然忘我的射擊，結果女人就死了。』——覺得有說不通的地方？請放心，因為我會作證表示妳說的沒錯，所以不會有任何問題。」

「…………」

警官將視線從因為大受衝擊而僵住無法動彈的女孩身上移開，再度看著被綑綁在椅子上的女人。

他以發自內心的冷淡眼神看著她，自己也發出了痛苦的聲調這麼說：

「我說，妳啊……妳如果不做這種蠢事的話，這孩子就可以一直一直跟她親愛的父母親在一起，一直一直過著幸福的生活啊。這點妳明白嗎？明明妳就能夠知道『雖然自己親生的女兒不在自己身邊，可是她過得非常幸福』的道理，為什麼妳就不能忍下來？說啊？」

女人雖然回瞪，可是她的語氣已經沒有直到剛才為止的力量：

「你怎麼可能會懂……你怎麼可能……會懂……」

「是啊，我不懂啊。我不懂。結果就是這樣啊，這個國家裡頭有兩個世界，別的世界的人類話語，我不懂。」

警官說到這裡，中斷他跟女人的對話。

他再度將溫和的視線移到女孩身上，順勢將說服者的握把舉起來，說：

「來，為妳的父母親報仇吧。」

「…………」

女孩臉上完全失去血色，簡直就像是坐在椅子上的人偶。

「這種事情……」

但她發出彷彿來自心底的呻吟，開始組織語詞說話：

「這種事情，並不是『我已故的父母親』所期待的……」

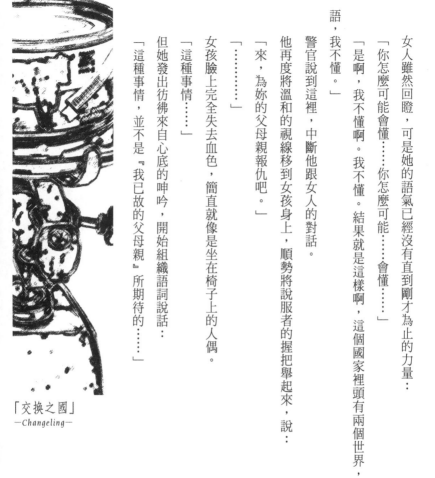

「是嗎……」

警官似乎深受直透心底的打擊，將他左手所持的說服者放下。

接著將那說服者在手中轉了半圈讓自己拿住握把，就只射了一發子彈。

擊發出去的子彈，打中一個人類的頭。血從頭部側面像壞掉的噴泉一樣飛濺而出，染遍了那個人的肩膀及地板上的地毯。

女人眼睛望向女孩——

「……」

什麼話也沒說就斷氣了。女孩則一直看著那女人的臉。

「怎麼樣小妹妹，仇我已經幫妳報嘍。這樣一來一個窮人就從這個國家消失了。雖然只有那麼一點點，不過這個國家是變像樣了。」

「……」

原本呆呆看著、大大睜開的女孩眼睛，慢慢變得銳利起來。

女孩吸了一小口氣。

「不對，這個國家一點也沒有變好。」

她瞪著警官，同時清楚說道。

「唉~真是的，連妳也變得怪怪的嗎？」

警官彷彿是在說「妳完全無法理解」一般的搖了搖頭。

「我說你們兩位。」

他將說話的對象變更為旅行者們。

「差不多到了出境的時間吧？要不要送你們到玄關呢？」

男子聳了聳肩，說：

「你這話的意思是，要我們別再繼續涉入，當作什麼也沒看到、什麼都不知道就出境嗎？」

「你一點就通幫了我大忙。畢竟所謂旅行者就是不屬於任何一個世界的人啊，要處理也很麻煩啊。」

「原來如此，所以你才沒辦法像對部下那樣輕輕鬆鬆的殺掉我們，就是這麼回事吧。」

「就是這麼回事。雖然話這麼說，但也不是『絕對不能殺』喔？只是很麻煩而已。所以嘛，雖然你們應該會在很多方面有所考慮，不過這件事就算繼續涉入，你們也得不到任何好處。」

「嗯～我們的行動賺不到錢嗎，這個就討厭了啊——好啦，要怎麼做呢？師父。」

男旅行者將話題拋向女子。

「這個嘛。」

女子看著年輕警官。兩人的距離有數公尺，雖說警官的槍口還是朝向下方，但他的兩手都拿著還有實彈的說服者。

「死在這種地方就敬謝不敏了。」

「很好的判斷。」

「不過，我剛才對她說過：『如果是警察的話，他們在這之後也會受理妳的諮詢，而且也應該會守護妳吧。』看來這句話似乎是錯的，我沒辦法接受。」

「其實也沒有錯，那孩子只要保持到昨天為止一樣的『平常』就好。遺憾的是，她被奇怪的人感化過頭了啊。」

「這麼說來，你在這之後是想對這孩子做些什麼嗎？」

「這個嘛只好先保護起來，請她暫時在醫院住一陣子吧……這段時間我們會確實改變她的想法，讓她以活在這個國家的這個世界之一員身分——」

「我不要！」

女孩的叫聲打斷了警官的發言。

「你要我對這一切都保持沉默嗎！這種事我不要！」

「唉～真是的。那麼，妳就只能死在這裡嘍？妳難得的人生在這種地方結束掉真的好嗎？還是說，妳想去跟妳的父母親一起作伴呢？算了，如果妳這麼想的話，這樣也是很好啦。雖然我完全沒有殺女孩子的意思，不過如果是為了要守護這個國家的話也沒辦法。」

警官將兩手所持的說服者，大動作來回晃了晃。

「旅行者們……」

女孩主動對兩人說話。她以堅定的表情傳達充滿決心的話語：

「我要僱用您們兩位，請把我帶出這個國家。」

「啥啊？」

警官愣住。

「報酬呢？」

女旅行者迅速問道。

「遺留給我、我拿得出來的所有金錢！」

「也好。」

女子當機立斷。

「哇喔，賺很大！」

男子也露出笑容。

「白痴啊你們。夠了，因為太麻煩所有人都給我死吧。」

在警官露出厭棄表情說完這句話的瞬間，兩人同時有了行動。

原本位於警官左前方的男子，以雙手抱起女孩的姿態一個轉身躍向沙發後方，往牆邊而去。原本位於警官右前方的女子，則藏到了保持坐姿死掉的女人背後。

「嘖！」

原本想先殺掉比較近的人——也就是女子的警官，將右手持說服者的槍口伸向了她，而屍體則起身站立朝警官這邊衝了過來。

女旅行者將屍體連同椅子扛起，就這麼突擊而來。

砰砰砰。

三發子彈全都沒入屍體之中。會大大傷害體內的彈頭，並沒有貫穿出去。

「可惡！」

警官把右手上子彈射光的左輪手槍隨意一丟，將左手上還留有五發子彈的另一把槍朝向扛著屍體的女子。

「嗯？」

女子衝到半路就停止突擊，在屍體背後原地彎身蹲下縮成一團。

「哈！打中了嗎！」

露出笑容的警官立刻停止射擊，改以慣用手拿著左輪手槍。這是一瞬間的事。

「那麼，死吧。」

再次進行瞄準的警官，其頭部左側——

匡啷！

有花瓶砸過來，發出鈍重聲響以及尖銳的破裂聲音。

「嘎嗚……」

警官在搖頭晃腦又跌跌撞撞的踏了好幾步之後，重重倒在地毯上。然而因為地毯很厚的關係，並沒有弄出聲響來。

從左邊把花瓶丟過來的男旅行者——

「哈！打中了嗎！」

說了跟警官一樣的話。

然後——

「已經解決了喔～師父。」

他向女旅行者出聲叫喚。

「是這樣嗎。」

女旅行者迅速從屍體背後起身站立。

她沒有任何地方被擊中，而且雙手還握著女人曾祕密持有的刀子。

男子說：

「真的不管是什麼都可以拿來當武器呢。還有師父，這個警官不能殺喔，這之後還有各式各樣的事情，得請他給我們一些方便才行。」

女孩從男子後方慢慢探出極度恐懼的臉。
男子轉頭向後，對她這麼說：
「把花瓶給砸壞了，真對不起。」

這是數天以後的事。
在秋天的清爽晴空之下，一輛小小有些破舊的車子，駛出國家的城門走了。
那是一輛後座上載放木箱，其周圍則是許多包包、該國歸還的說服者、水罐與燃料罐，還有這以外的行李堆積如山的車子。
跟衛兵們一起在城門旁邊目送那輛車離去的入境審查官——
「賺翻了嗎……真好啊。」
小聲地自言自語著。

「交換之國」
—Changeling—

而頭綁繃帶、身穿便服，在城牆上目送那輛車離去的年輕男子——

「…………」

則什麼話也沒有說。

只是狠狠瞪著愈來愈小的車子。

「已經可以了喔～」

副駕駛座的男子才剛說完。

「好的……」

就有聲音從幾乎要把後座占滿的大木箱中冒出來。

原本捆紮木箱的束帶自己鬆脫掉落，木箱的蓋子由內側開啟。

「已經可以出境了嗎……？」

女孩的頭從裡面冒出來。

駕駛座上的女旅行者回答：

「可以，還滿輕鬆的。入境時愈嚴格的國家，出境時就愈不會囉嗦什麼。」

女孩維持上半身探出木箱的姿態，慢慢的轉頭向後。

行李實在太多，後面什麼也看不見。

「要先暫停一下嗎？想看城牆最後一眼吧？」

男子問道。

「不用。」

女孩回過頭來如此回答，又搖了搖頭。

「我已經不會回去那個國家，也沒有任何留戀。所以，請繼續這樣一直向前進。」

她的視線越過兩人的肩膀望著前方清楚的說。

「也好。那麼，我們就按照所收到的報酬好好工作吧。」

女旅行者說完，便將油門踩得更深了。

這個嘛一定是會努力工作的啦！講到這幾天女孩將現金和不動產跟有價證券還有繪畫以及傢俱換成寶石之類的數量！就覺得當初來到這個國家真是太好了！當時在那條岔路呆呆的思考真是太好了！

男子雖然在心中這麼大聲喝采，不過他當然沒說出口，也沒表現在臉上。

「好了，我一直想在出境後問妳一件事，是很重要的問題。」

女旅行者對半身裝在箱子裡的女孩這麼說。

「請問是什麼呢？」

女孩感覺有些緊張的轉頭望去。女旅行者一面駕駛一面向後回頭，以溫柔的笑容問道：

「妳的名字是？」

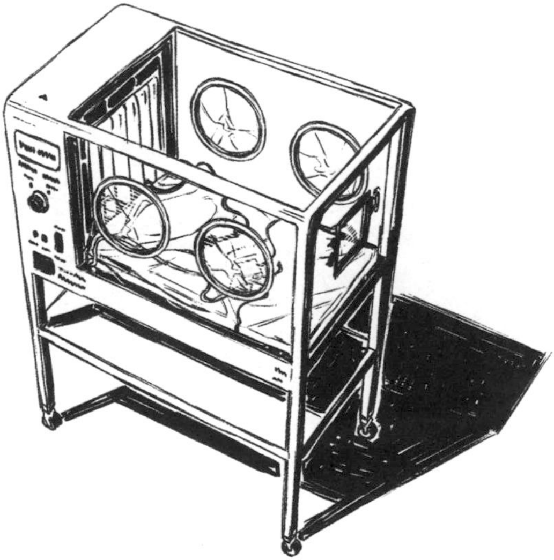

第四話
「議論之國」
—Discussion-Maker—

第四話「議論之國」

——Discussion-Maker——

天空染上了顏色。

在一片漆黑的暗夜裡，遠處的高空中有片雲發出暗橙色的模糊光暈。

「那是……什麼……？」

那邊是為翠綠所覆蓋之平緩群山相連的夏季山岳地帶，一名正在山稜上露營的旅行者，於深夜裡從帳篷裡探頭出來的時候，察覺到那片天空的狀況。

「你知道嗎，漢密斯？」

旅行者詢問停在帳篷旁邊的一輛摩托車（註：兩輪的車子，尤其是指不在天空飛行的交通工具）。

在黑漆漆的世界中，摩托車的銀色燃料箱，將遠處天空的橙色反射出來。

「嗯，我知道喔，奇諾。」

叫做漢密斯的摩托車回答了問題。

「謝謝你用肯定或否定來回答我。那麼——」

叫做奇諾的旅行者似乎要向沒有馬上告訴她答案的漢密斯挑戰一樣，以寄居蟹一般僅從帳篷裡探頭出來的姿態開始思考：

「那邊雖然是西方的天空，不過不可能是夕陽，也不會是朝陽。雖然向那個方位過去是有國家，不過以國內燈光的標準而言不論怎麼想都太刺眼了。要說是極光的話不但位置太低，更不可能在雲上面染色。」

「嗯嗯，把一個又一個的可能性打叉叉是一件好事喔，奇諾。」

在受到漢密斯的稱讚數秒鐘之後。

「啊啊！只要用最簡單的方式想就好了吧——是火災嗎？」

奇諾詢問。

「答對了～」

漢密斯回答。

「因為如果是火山爆發的話應該聽得到不小的聲音，所以那個是火災喔。從奇諾入睡以後雲就出來，在這之後，就一直看起來都是那個樣子了。不止擴散還會搖晃，還滿漂亮的。」

「明明你可以告訴我就好了。」

「要把大熱天一整天都在山路上奔波到累壞的奇諾叫起來，會讓我很難受。」

「謝謝你的關心。真正的理由是？」

「我只是想在早上驕傲的說，我看到了有趣的東西而已。」

「原來如此。我就是感覺到這個才起來的。」

「不愧是奇諾。明天就算是白天，應該還是可以看得到煙喔。」

「在我們要過去的那個國家裡，不知會不會有屋子燒起來呢。」

奇諾雖然將擔心表現在語氣上，不過漢密斯平靜的否定：

「大概不會吧，是森林大火喔。如果是屋子燒到那種亮度，會變成非常不得了的大事，我想一定會有人拚命撲滅的。但如果是森林大火，也許就沒有勉強撲滅的必要，所以就一直在燒了。」

「原來如此，我多少理解了。那火災不會延燒到這邊來吧？」

「沒有問題。還滿遠的，而且風向也偏掉了。」

「那麼——我就再回去睡吧。」

奇諾將頭縮進帳篷中。

「好的晚安。」

漢密斯繼續眺望著遠方搖曳的橙色。

第二天。

在一片雲層散去的晴朗蔚藍天空下，奇諾與漢密斯在山路上奔馳。

因為從早上開始就很熱，奇諾在白襯衫上套一件無袖外衣，腰上則束著一條粗皮帶。

夏季森林中的樹木枝葉強韌且茂密，從兩側伸展到土壤壓得緊實的道路上方，雖然遮住了強烈的日照，但也讓視野相對變差，看不見遠處。

奇諾與漢密斯隨心奔馳著，在登上迂迴曲折的彎道並越過高高的山頭之後，西邊的景色突然大大開闊起來。

奇諾在山頭將漢密斯停下來，引擎熄火，眺望那風景。

「啊啊，終於看到了。」

「終於看到了呢。」

在蒼藍天空及翠綠大地的另一頭，目標國家的城牆線進入視野。而份量猛烈的煙，也從視野四處分別向上竄升。

「燒得還相當猛烈。」

奇諾擔心的說。

「啵啵的呢。」

漢密斯則似乎很開心的說。

在視野的盡頭，灰色的城牆在綠色的大地中彷彿像條縫線一般遊走，可以知道這是個領土相當大的國家。

森林大火現在依然在燃燒著。

在他們前進方向盡頭的右手邊、也就是北邊的森林正在盛大燃燒，綠色被紅色跟橙色覆蓋，灰色的煙則竄向藍色的天空並四處擴散。而且這景象不僅限於一個地方，是在好幾處同時發生。

「是相當激烈呢。還有，好像是在城牆內。」

漢密斯說完，奇諾就點頭。

燃燒的區域，是在延伸至斜坡上的城牆內側。

「如果那一帶有很多人住的話，就不得了了啊……」

奇諾如此說道。

「看不到有滅火的樣子耶，是沒有磁浮艇（註：亦即「磁浮交通工具」。指的是磁浮車輛）嗎？」

漢密斯回答。在火災現場的上空，沒有飛行物體的影子。

「有的話，應該就會馬上用了吧。」

奇諾沒有發動漢密斯的引擎，下了斜坡前往城門。

白天入境，預定照慣例待三天的奇諾跟漢密斯。

「有嘛，磁浮艇。」

「是有……」

在國內看到了以大約人腰的高度飄浮前進的車子。

雖然在車體的四個角落附有小小的車輪，不過那是在著地時的短距離移動用配件，基本上還是在空中飄浮前進。在道路上「腳踏實地」行駛的車輛，只有漢密斯而已。

在國內，柏油鋪得很漂亮的道路宛如細密的網子一般於山中四處延展，路燈並列路旁，幾戶風格高雅的住家散布於其中。

奇諾與漢密斯靠著輪胎駛過了斜坡與彎道皆連綿不斷的道路，進入位於國家中心區域之寬廣盆地，其中有著高樓大廈建築並列的城鎮中。

在那裡奇諾大啖美食將肚子撐到鼓鼓的，之後就在街上觀光遊覽，把能賣的物品賣一賣，也買好需要的東西，最後前往旅館。

有人告訴她這裡有傾全國之力招待旅行者的風俗習慣，住宿是免費的。奇諾他們也被帶到景觀良好房間也寬廣的高層樓上。

真的可以免費入住嗎，奇諾再度確認著。

「天生窮苦命～」

她在被漢密斯這麼說的同時打開了窗簾。在夕陽照耀的群山那一頭，如今依然看得到向上竄升

的火焰跟濃煙。

雖然因為相當遠的關係，看起來小小的，可是她明白實際上那正是規模相當大、高度有房子那麼高的火焰。

「好像沒辦法簡單收場呢。」

「比起那個看看下面吧，奇諾。」

奇諾往下面看去，有好幾台磁浮艇在寬廣的道路上打亮大燈，井然有序地行駛著。

雖然數量相當多，不過即使車子之間的距離狹窄，它們還是能以完全沒有擦撞的姿態行進，陸陸續續穿過了前方未設置交通號誌的十字路口。

「是完全自動駕駛呢。只有在車子大量聚集的回家大塞車時段，才會這麼駕駛吧。」

「原來如此……還好沒有捲進去，感覺好像會擋到路。」

「沒什麼啦，只要奇諾閉上眼睛鬆開手，之後我就會駕駛喔。」

「漢密斯原來有這種功能，我都不知道。」

「要試試看嗎？」

「嗯，就不要吧。」

「我知道了，就不要吧。好久沒有來到已開發國家呢。」

「嗯，即使這樣……」

奇諾抬起頭來，再度看著遠方群山。

「為什麼森林大火一直都沒有撲滅呢？不管是城牆的衛兵、街上的人還是今天遇到的人，誰都不知道有這件事。」

「一定有什麼很深~的理由吧。」

「那麼——那會是什麼呢？」

「誰知道呢。」

因為沒人回答，奇諾就停止思考了。

她沖了一個熱水放免錢的澡，穿上旅館預備的乾淨睡衣，躺在平整鋪上純白床單的乾淨床上睡著了。

「議論之國」
—Discussion-Maker—

隔天早上，入境第二天。

奇諾在黎明時醒來。

她掀起厚重的窗簾向外一看，夏季的天空廣闊開展，但在其北邊，可以區分出清楚明朗的場所跟煙霧朦朧的場所，還可以看得見橙色的火焰。

「還在燒嗎？沒有熄滅？」

「為什麼你醒著呢？漢密斯。」

「先問問題的人是我這邊吧。」

奇諾回答了漢密斯的問題之後，便進行名叫「卡農」的掌中說服者（註：說服者是槍械。這裡是指手槍）的拔槍射擊訓練；在這之後，她將一塊布在桌上攤開，對說服者進行大部分解以後再上油。

奇諾讓漢密斯在旅館的大廳等待，自己在餐廳用早餐。雖然想找人問森林大火的事，不過她克制自己沒去把忙著工作的人抓過來問話。

正在觀看掛在牆壁上的薄型電視的漢密斯，對回到大廳的奇諾說：

「奇諾！謎底揭曉了喔！」

「咦？什麼的？」

「森林大火沒有撲滅的理由！妳就別問了坐在這邊看電視吧！」

「可是天氣不錯，我想馬上出門去增廣見聞耶。」

奇諾一面如此說著一面看著螢幕，在清楚顯示到有些可怕的螢幕畫面中，數十名成年男女圍坐在一張縱向細長的桌邊。座位隨著向後延伸逐漸形成階梯式分布，而那些座位也都完全坐滿了。

所有男女都穿著西裝打扮正式。

「說是這個國家的代表議會呢。」

「原來如此，這個正在直播嗎。」

圍桌而坐的其中一名「議員」，一名相當年長的男子在螢幕當中失聲叫道：

『所以，我說現在非得要採取滅火行動不可啊！都已經燒了四天了喔！如果要發布命令就要馬上！』

看起來頗激動的他滿臉通紅，同時也「砰砰」敲打著桌子。

結果被坐在桌子前端看起來像議長的有些年紀的女子指正，要他鎮靜點。

『以上就是我的發言。』

男子露出憤憤不平的表情，坐到椅子上。

奇諾一邊看著螢幕，一邊坐到了大廳中位於漢密斯旁邊的軟綿綿沙發上。

「還是不馬上出門了……」

「贊成～偶爾一大早就當個『沙發馬鈴薯』也不錯喔。」

「…………你又說錯什麼了嗎？」

「我說對了啊！」

坐在男子對面的中年女子舉起手來，獲得議長指定，開始發言：

『你所謂的已經燒了四天，正是不去撲滅也可以的理由。』

女子以非常沉穩的語氣，彷彿要對周圍的人曉以大義一般的繼續說：

『首先，這場森林大火是在乾燥及落雷的作用下自然發生的產物。簡而言之就是一種「自然現象」。自古以來，像這樣的事件已經反覆上演了無數回。在大火的燃燒下森林的樹木會減少、新的草木會生長、新的樹木會茁壯、新的森林會誕生，簡而言之就是由自然所產生的、一種壯大的重生

循環。我想如果是飽學的各位應該十分清楚，這件事情已經獲得植物學家的證實。究竟渺小的我們，是否可以對這樣的循環多所置喙呢？』

在坐於對面持反對意見的眾人憤憤不平的注視下，女子繼續說：

『雖然確實是已經燒了四天，但這對我國有造成很大的損害了嗎？由於風向的關係火焰並沒有燒到住家附近，煙也沒有對住家有所影響，自然對我們竟是這般的溫柔！我們認為保持這樣不去干涉大自然的行動，等待火自行熄滅要更好得多。』

彷彿像在表達「沒錯沒錯」一樣，女子後方的人們點了好幾次頭。

坐在她旁邊看起來三十多歲的男子舉起手來，獲得議長指定開始發言：

『我曾在警察軍擔任磁浮艇的操縱員，想從這個觀點向各位傳達非常重要的事。主張要快點滅火的各位剛才曾說，如果是我國自豪的磁浮艇，就可以非常簡單的滅火了，但這是大錯特錯。』

奇諾用大廳裡的水壺將熱水注入杯中，把旅館預備的茶包放進去，泡了杯茶。

『自動駕駛技術確定可以運行的地方，只有國內的主要幹道而已；就算現在要飛到山上去，還是必須要靠人去操縱。而且，要人操縱重心因裝載大量消防用水而跟平常不同的磁浮艇前往火場上空，還要準確灑水下去，這必須要具備相當的技術跟膽量。一旦要在火災煙霧中執行這些動作，而且還不只要執行個一兩回的話，會是異常艱難的事，還會有發生事故出現死者的風險。說要滅火的各位，您們希望這種事情發生嗎？』

唔。坐在對面的人們如此沉吟著。

又一位男子——這回是年紀在中年以上的男性要求發言，並得到許可。

『我也有一件事要說。這段時期確實是持續放晴，但也是很容易突然降雨的時期。只要降下一場大雨，火自然熄滅的可能性也會高起來。「強制滅火派」的各位，這時候您們的膽識如果能像我國的面積那樣大不是很好嗎？』

他以輕鬆的語氣說出這樣的話語。

擔任議長的女子徵求強制滅火派的意見，結果不再有人舉手。

『很好，那麼我們改討論下一個議題。』

議論改到有關國民醫療費之負擔金額的話題上去了。

奇諾將視線從螢幕移到漢密斯身上，說：

「因為要不要滅火還在議論中，所以就不去撲滅森林大火，這樣真的好嗎？」

「就是要這樣啊！因為這才是我國啊！」

以精神抖擻的聲音回答得很開心的人，是路過附近的旅館男服務生。

這個差不多二十歲的年輕男服務生，對旅行者表現出明顯的痴迷及興趣。奇諾在稍微對這份熱情敬而遠之的同時，也還是問了她想詢問的事：

「你說的『這才是我國』，是指什麼樣的意思呢？」

可能被旅行者問問題是件開心的事吧，男服務生露出滿面的笑容。

而漢密斯則給了他在這邊打混的理由：

「沒錯沒錯，方便的話請詳細的告訴我，因為回答客人也是旅館從業人員的服務之一吧！」

「好的，我很樂意！因為是服務之一！那麼就請你們聽吧。在豐饒的綠色環境中，科學技術不斷進步的我國，有一項建國以來從未變動的最重要規則，是記載於憲法第一條等級的重要事項。那就是——」

男服務生說著戲劇化台詞——

「那就是？」

讓漢密斯上鉤了。

「是的！那就是『只要議論持續、絕不可以行動』！在決定國家的行動以及方針的時候，遇上意見有所對立的情況當然就會進入議論，但我們絕對不會急於行動，會澈底議論相互理解直到雙方都接受為止。或者是其中一方讓步，或是說雙方相互妥協，接著做出結論之後才行動。這在我國正是最重要的事！」

「嗯嗯，那麼啊——」

漢密斯詢問：

「用投票來決定某件事的方法呢？」

「我們不採用！在我國，所謂投票這種粗暴的制度在遙遠的過去就已經廢除了。就連現在出現在電視上的國民議會代表，也不是投票選出來的喔。是各個地區都有兩名代表，並在經過澈底的議論之後才決定出來的。」

「原來如此～不過嘛，如果可以推派兩名代表出來的話，就在主義主張大大不同的兩群人當中各推出一個人來當代表就好了吧。」

「這個嘛是會變成這樣沒錯！——在我國，決定某件事的時候，總之就是對話到最澈底，所有

「議論之國」
—Discussion-Maker—

人共同對話尋找答案，導出所有人都可以接受的結論！對於我國的美好規則，旅行者覺得怎麼樣呢！像我這樣的人也強烈希望可以讓其他國家知道這件事，甚至想有朝一日也出去旅行——」

男服務生熱情述說到一半，就被一名看起來像上司的西裝男子尖聲點名了。

「嗚！那就失陪了。」

看著他迅速離去的身影。

「看起來，他大概因為同樣的事情讓人家生氣好幾次了。」

「應該是吧。」

漢密斯跟奇諾像是在談論別人的事情一般的說著，不過實際上也是別人的事情沒錯。

「不過算了，謎底揭曉了。好了漢密斯，今天就在這裡一直看電視吧。」

「咦？不要啦。天氣也很好，就去跑一跑嘛。」

「這跟你剛才說的不一樣吧？」

「因為謎底揭曉啦。妳看，在這麼舒服的日子，如果沒有在漂亮的柏油路面上跑的話還能做什麼啊？」

「咦？就不做什麼啊。到昨天為止都已經跑一大段路了，今天不應該是休養日嗎？」

「因為奇諾很強壯所以沒問題的啦。」

「不過我是在擔心漢密斯啊。」
「今天就去跑！」
「今天就休息！」
奇諾與漢密斯的議論，持續了一段時間。

這一天的中午。
結果奇諾與漢密斯議論到最後決定一整個上午都悠閒度過，等午餐過後的下午再出去行駛；而這是他們在有冷氣的舒適房間裡進食的時候所發生的事。
在一直開在那邊沒有去管的電視上所播出的料理節目，突然切換成來自攝影棚的新聞快報。
『雖然節目還在播放途中，不過這裡要插播一則臨時新聞！』
正在吃一種將小麥粉所製成的細長物體與丸狀物體加以混合，並用牛絞肉醬燉煮入味的食物，

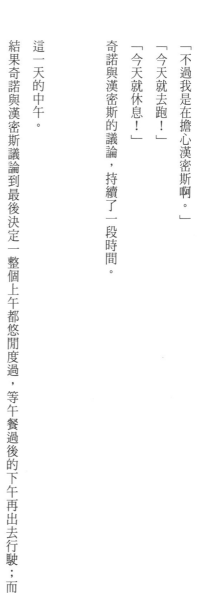

據說是這個國家獨特麵食的奇諾，停下了手來。

「唔？」

雖然從外表無法判斷，不過看樣子原本似乎睡很久的漢密斯醒來了。

『居住在北部森林地區的各位！避難命令下達了！請立刻遵從防災網的指示從住家撤退！因為操縱磁浮艇避難會有衝撞的可能性所以非常危險！請不要攜帶任何東西徒步逃走！警察軍的磁浮艇正前往當地去收容！』

主播在螢幕中死命不停地叫喚著。

「發生了什麼事……？」

奇諾一面用叉子將丸狀物體送到嘴裡一面詢問。

「啊啊，是風向變了吧。」

漢密斯這麼回答。

螢幕畫面切換成從空中拍攝的影像。

畫面顯示出原本把森林燒成那樣的火焰正逼近住宅區的樣子。直到昨天為止還沒有吹起的強烈北風，氣勢洶洶的移動了火焰燃燒的方向，影像沒多久就受到煙霧波及而模糊起來，並再度切換到攝影棚內。

『居住在北部森林地區的各位！避難命令下達了！請立刻遵從防災網的指示從住家——』

奇諾一面聽著那聲音不斷重複同樣的話——

「如果人的住家快要燒到的話，他們應該就會去撲滅了吧？」

一面詢問。漢密斯這麼回答：

「這個嘛應該會吧。因為議論主題是『森林大火要不要撲滅』嘛。」

「那就好，我想這件事應該也要開始議論了吧。」

「可是這樣就來不及了喔。照這個延燒速度的話，會有數量相當多的民房燒起來吧。雖然說住在裡頭的人如果現在就逃的話，應該會得救就是了。」

漢密斯完全像是在談論別人的事情一般的說著。

「就算命救回來，也可能會失去所有財產吧……應該會很難受。」

奇諾一面吃著細長的食物一面說。

然後她結束用餐。

「昨天，在那場議論中反對滅火的人們——」

如此低聲自語：

「不會完全沒想過今天變成這個樣子的可能性吧？」

隔天早上，也就是入境第三天的早上。

奇諾在黎明時醒來，接著照慣例，進行「卡農」的拔槍射擊練習。

然後她似乎有些離情依依的細心完成離境前的淋浴，收下了先前送洗的內衣與襯衫。

當她用過早餐之後回到房間時——

「結果，聽說各個地方加起來差不多有一百棟左右的民房被燒個精光，半毀的更多。」

還在看電視的漢密斯將他在新聞當中所知道的資訊傳達過來。

「這個嘛，畢竟都延燒成那樣了啊。」

新聞開始播報昨天的情況。

由於風向突然改變，森林大火襲向住宅區。

熊熊烈火燒掉了大量民房，磁浮艇也優先派去救人，因而沒有出現死者。儘管如此，北部的住

宅區還是受到這個國家歷史上最嚴重的房屋損害。

諷刺的是從昨天傍晚開始，正如議論中某人所說的一樣，開始下了一陣滂沱大雨。拜此所賜，森林大火自然熄滅了；民房的火勢也在消防隊的手中撲滅了。

事態雖然是平息了，不過作為一個國家這幾天卻一直沒有對森林大火下達滅火命令的事，還是讓責難之聲理所當然的沸騰起來了。

雖說沸騰是沸騰起來了——

『當時在議論中！』

不過不論是滅火派、還是反對滅火派，這個國家不管是哪一個立場的人經過這麼一提醒，也都只能把抗議收回去了。

在電視螢幕中，代表們這麼說：

『那麼，有關復興計畫的財源要如何處理，我們開始議論！』

入境第三天的中午過後，奇諾與漢密斯從西邊城門出境。

天空雖然晴朗，不過因為雨下到早上的關係，空氣中瀰漫著沉悶的濕氣，是個非常悶熱的日子。

在森林之中枝葉上的水滴閃耀著光芒，身穿襯衫及無袖外衣的奇諾，為了不讓輪胎因為濕黏的土地以及水窪的關係而打滑，謹慎地讓漢密斯行進。

「很難騎呢。」

「是啊。算了，跟那邊比算好多了吧。」

「那邊？」

奇諾雖然發問，但她很快就知道答案。

在山間森林深處越過一個彎道的前方道路上，可以看到一群卡車聚集。

十輛卡車組成列隊並排在路上，其中最後一輛車聚集了人群，他們推著卡車、將板子塞進輪胎底下。大大的輪胎深陷在已成泥濘狀的路面中，完全動彈不得。

奇諾與漢密斯在慢慢駛近他們的同時，互相交談：

「是那個國家的卡車嗎？」

「大概是吧。因為操縱磁浮艇在中途會燃料不夠，所以要派這些車翻山越嶺、沿著輪胎痕跡，也就是用以前的老方法行動啊。感覺好麻煩。」

「這種話，漢密斯有立場說嗎？」

奇諾他們靠近過去，在卡車附近的男子們也有所察覺，大大揮動著手臂像是在說「現在無法通行」。

奇諾將漢密斯停在離卡車前方有一段相當間距的地點，引擎熄火，選了一塊不怎麼泥濘的土地，把漢密斯的側腳架立在上面。

在卡車旁邊的男子們當中，一名看起來像是首領的四十多歲男子迅速走近，露出笑容主動說道：

「嗨！旅行者跟摩托車！不好意思擋到路了。我們把那輛車移走以後，就會讓你們從車隊旁邊穿過先走一步的。」

「真是謝謝您，因為我們不急所以沒關係。我們有沒有什麼地方可以幫得上忙的呢？」

「沒有，沒問題，謝啦。」

「那麼，我就等下去了。」

奇諾與男子的對話結束之後。

「喂喂，大叔你們是那個國家的商人對吧？」

漢密斯從下方發問。男子點了點頭，說：

「是啊沒錯。」

「我有幾件事情想問，可以嗎？」

漢密斯的話語，讓奇諾露出驚訝的神情。

「哦？是什麼呢？」

男子出聲說道，隨即追加了一句話：

「如果是我能回答的事就會說。畢竟我在立場上也是有不能說的事呢。」

「那麼我就接受你的好意了。」

漢密斯隨口問道：

「大叔你們要去大量買進的，是興建住宅的時候必需要有的什麼東西嗎？好像在那個國家你們是無法取得的樣子。」

「是啊，你說的沒錯。雖然我想你已經知道了，不過昨天的火災真的是很慘烈啊，那種事情我們還是第一次遇到。為了重建住宅區，大量的物資急遽變得很有必要。雖說我國的木材是很多，但耐久性強的塗料跟磚瓦就得仰賴進口了。從現在起，我們要在我國跟會賣這些東西給我們的國家之間不斷往返了。我們這些做生意的人，會變得非常忙喔。」

「原來如此。」

奇諾輕輕點頭。

「那麼，再一個問題。對於在議論中反對撲滅森林大火的那一伙人，你們付了多少？」

在她旁邊的漢密斯很乾脆地問道。

「這還真是個令人驚訝的問題啊。」

男子瞪大眼睛如此喃喃自語著，又朝後方瞥了一眼。

男子的部下們正在跟卡車輪胎的泥土搏鬥，沒有注意這邊，而且在這個距離也聽不見聲音。

男子問了：

「旅行者你們有預定要回來我國嗎？」

「沒有。」

奇諾立即回答。

「只要我們還沒繞完現在待的這顆行星一圈就不會有啦。不過嘛，到那時候大家應該都已經忘記了吧。」

漢密斯則補充說明。

結果男子露出不懷好意的笑容，保持背向伙伴們的姿態，回答了漢密斯的疑問：

「對於剛才的問題，我沒辦法回答呢。」

「果然是這樣的嗎。」

漢密斯這麼說。

「原來如此……」

奇諾也理解了。接著，她將想到的事情脫口而出：

「只要那場議論繼續下去，就可以延緩、或者中止國家做出決斷，這正是反對滅火派的目的，他們或許也期待有強風從北方吹過來也不一定。至於報酬，則是來自建築業界及商人的賄賂、或者說是捐獻……」

「哎呀，妳是在說什麼事呢，真是的。」

男子很明顯在裝傻。

就在這個時候，可以聽得見卡車的引擎聲大了不少，也可以看得見後輪從泥濘中脫離出來的卡車，以及在其周圍臉跟身體都沾滿泥巴卻歡聲雷動的男子們。

「哎呀，弄出來了嗎！那麼旅行者你們先請。」

奇諾在男子說完話後點頭致意，然後跨上漢密斯。

漢密斯則對著走回卡車的男子背影，出聲問道：

「喂！那個規則、你們沒有打算要改變嗎？」

男子停下腳步，轉過頭來。

「現在國內——」

然後，他在露出清爽笑容的同時這麼說：

「大家正對這件事情議論中啊！」

第五話
「送貨的故事」
—Delivery—

第五話「送貨的故事」

—Delivery—

很久很久以前，在某個地方有一名年輕的傭兵。

年齡在二十五歲前後，剪得參差不齊的黑髮底下有雙銳利的眼睛，是名從面相可以看得出銳氣性格的青年。

他的上半身穿著一件高領且在肩膀及手肘部位有加縫一層布料的綠色毛衣；下半身則是常見的牛仔褲跟黑色長靴。

而這名毛衣男子——

「喂菜鳥，有個你一直期待的工作要給你做了喔。」

在一名五十多歲滿臉鬍鬚的男子，也就是這支傭兵部隊的隊長說出這樣的話之後。

「…………」

依舊一句話也沒說，保持沉默。

這裡是在一座大帳篷當中。

傭兵是由國家或企業所僱用，以戰鬥為工作的人們。

因此，像現在這樣沒有任何地方僱用的時候，他們就會處在不屬於任何國家的場所。也就是說他們會在沒有城牆防守的大自然正中央建置「駐紮地」，用別的詞語說就是「營地」。

這支傭兵部隊也在冬季逐漸接近尾聲的森林中，於水質乾淨的河畔搭了幾座帳篷，作為暫時性的生活據點。

「喂菜鳥！」

用足以讓帳篷震動的大音量吼叫的人，是在坐著椅子的隊長旁邊站立著，身材高壯魁梧的三十多歲男子。

「為了連說服者（註：說服者是槍械）都不太會用的你，我們還特別準備了一個『誰都可以做的工作』給你做，你連話都不會回了嗎？啊啊？」

男子漂亮扮演著狗腿的角色，以帶著諷刺的語氣，居高臨下的狂妄說著。

這麼說來，這名毛衣男子並沒有像隊長或狗腿男子一樣在腰間掛著掌中說服者；就是跟字面一樣的「腰無寸鐵」。

這樣的他終於開口了。他將狗腿男子的譏刺當作耳邊風，淡淡答道：

「只不過是我還不知道是什麼樣的工作，所以才沒辦法回答而已。因為入隊的時候有人告訴過我，在這個部隊是有拒絕工作的權利。」

「哼！」

狗腿男子聞言嗤之以鼻，繼續說：

「再說你有可以挑工作的立場嗎？自從來到這裡以後，你有參加過一場戰鬥嗎？你是特別喜歡打雜才來的嗎？你該不會是個連人都殺不了的天兵——」

這段話語說到一半就打住了。因為滿臉鬍鬚的隊長揮了揮手，像是表達「已經夠了」一般作勢制止。

狗腿男子迅速撤退。

隊長向毛衣男子說：

「沒什麼，雖說是工作但並不是戰鬥而是『跑腿』。我說，你有一輛速度快又優秀的越野車

吧。我要你乘坐那個把貨物送到從這裡往北方有七百公里遠的某個王國。那貨物也是王室親自預訂的物品，不管發生什麼事都非得要送到不可。只不過，因為路上沒有可以補給或休息的國家，而且那一帶還有山賊出沒的可能性，所以接受委託的商人就把東西扔過來給我們。」

「原來如此，任務我是理解了，報酬呢？」

毛衣男子問道。

「只有必需的燃料費、以及你所花費天數的飯錢而已。只不過，如果你在半路被誰襲擊了，被你反將一軍的那些傢伙的物品，反正是不屬於任何人的戰利品，就全都隨你去自由處理。」

隊長回答。

雖然這個任務是單靠一人要跑一段距離相當長還有可能會遭人襲擊的路線，而且報酬比想像的還要低很多。

「我明白了。那麼，我就遵命行事。」

不過毛衣男子卻心平氣和的接受下來了。

「很好。貨物就是在那邊的木箱。把它放在副駕駛座就走吧。」

在隊長的手所指的前方，也就是地毯上方，有個長寬各約五十公分、體積相當於一只小型旅行用包包的木箱。雖然蓋子是闔上的，不過在木板之間是留有細微的空隙。

「裡頭是？」

雖然是理所當然的問題，不過隊長只是歪了一邊鬍子不懷好意地笑著，沒有回答問題。是不可以去知道的東西呢、還是單純因為隊長在惡作劇呢，毛衣男子並不清楚。

「你要平安的、保持乾乾淨淨的送到啊。」

隊長用來代替回答的是一段意有所指的話語。他接著又說：

「就儘早出發吧，你要多久的準備時間？」

毛衣男子在考慮數秒之後，如此回答：

「差不多要一小時，請讓我用罐子裝載食物跟燃料，能裝多少是多少。」

「也好。你就跟大家說已經以我的名義下達許可了，一個小時過後再回來。」

「我了解了。」

毛衣男子並不敬禮。他輕輕點頭之後，就從隊長的帳篷中走出去了。

狗腿男子以無法理解的神情問道：

「隊長……真的只要派那傢伙就行了嗎？如果路上遇到山賊襲擊，貨物就不能平安送到了喔？」

他在擔心的是所謂王室委託的貨物。對於毛衣男子的事情，他完全沒有在擔心。

隊長回答的很乾脆：

「這個嘛，是有可能會那樣。不過呢，沒關係啦。」

接著又說：

「你們有別的任務，兩小時後叫所有人出來。」

在這之後，剛好一小時以後。

在大小帳篷並列的傭兵部隊營地中。

「我沒借你錢，也就是說你就算死了也沒差。」

「那輛越野車好可惜，你要開回來才能死啊。」

「你真的不需要說服者喔？算了，少了個廢人對我也有幫助。」

「結果你戰鬥的樣子連一次都沒讓我看到過耶。不過算了，我原本以為你馬上就會死，所以也只會讓我看到一次而已。」

「拜啦，真是短暫的相處時光呢，我不會忘了你的。話說回來，你的名字叫什麼？」

粗野男子們以溫馨話語為越野車送行。

那是輛簡單款式的小型軍用越野車，塗成綠色的金屬管圍住了駕駛座，沒有車頂之類的東西。輪胎露出於車子的四個角落，汽油引擎則位於車體最後方，僅以後輪驅動。座位只有兩個，駕駛座位於左邊。

因為是一趟足足有七百公里的漫長旅行，越野車上載滿了許多行李。

在車體左右、位於前輪與後輪之間的地方設有金屬製的籠子，其中收存了裝水的塑膠水箱跟裝食物的金屬貨櫃。

在駕駛座後方的載貨台滿滿並列著燃料罐，以金屬製的束帶及大型螺絲牢牢的固定住。

而在副駕駛座上面的則是那只不知道裡頭裝什麼東西的木箱。為了不讓這箱子也掉下去，上面緊緊地綁著四點式安全帶。

在戴著防風眼鏡的毛衣男子駕駛下，越野車穿過了營地的大門，隨即行駛在不斷向森林中延伸的、僅將土壤加固過的、崎嶇不平且石子也多的道路上。

一行駛到平坦的道路上，四周就被森林包圍了。

冬季逐漸接近尾聲，原本降在這個地區的小雪，已經在任何地方都看不見了。

可是飄散於四周的空氣依然寒冷且刺骨。位在高高地方的太陽在沒有葉片的樹枝後方閃爍著光芒，若隱若現。

毛衣男子展現出堅實的駕駛技術。

在可以清楚判斷路況的直線道路，他就一腳用力踩下油門讓速度加到相當快。

而在完全不知道前方是什麼情況的彎道上，他就確實減速、以安全速度過彎。

在周圍沒有可以依賴的人的大自然之中，發生事故當然很糟，就算只是輪胎脫落也很糟糕。不過度信任自己的技術，保持一個不勉強的速度很重要。

而且，搞不好山賊會為了搶奪重要的貨物而襲擊過來也說不定。毛衣男子絕對不勉強急躁。

毛衣男子駕駛越野車，以時間來說已經有大概兩個鐘頭，以距離來說是開了大約八十公里。沒有特別遇上襲擊，也沒有跟別的旅行者或商人之類錯身而過。在景色沒有變化的森林中平淡前進，就某種意義而言是趟和平的兜風。

晚冬的日落正迫近這個世界，在樹枝後方見到的天空綻放著鮮豔的橙色光輝，氣溫也一口氣降了下來。

毛衣男子讓越野車的速度減了下去。

當他發現行進方向的右前方，也就是東邊有一處林木密度變稀疏的地方，就打了一下方向盤，將越野車開進去。

因為東邊，是隔天早上有人從道路經過時，會因為逆光而無法清楚看見的方位。

毛衣男子一面右轉又左轉避開粗壯的樹木，一面開進了從道路起算大約有一百公尺的深處。在他於一處大地略有凹陷的場所讓車子停下來的時候，綠色的越野車就跟周圍沒什麼區別，從道路望去也完全看不見了。

毛衣男子將引擎熄火並從越野車上下來，將位於引擎蓋旁邊的大提袋取出，並將封口打開。

在這只布製的長型提袋中，還有另一只細長的布袋——

那布袋裡頭，有一把刀。

毛衣男子將黑色刀鞘的長刀隨手插進左腰的皮帶之後，就在半徑約五十公尺的周圍走了一圈，似乎沒有任何問題。他將腳踩進泥土，一聲不發的回到越野車旁邊。

今天他的住宿場所——或者說是露營地點，就是這裡。

這裡是完全無風且寂靜的森林深處。因為冬天的關係也沒有蟲，就連鳥鳴聲也完全聽不見。

就在毛衣男子將手伸向放在引擎蓋上的袋子的時候。

「……？」

他察覺到了什麼，眉頭皺了起來。

接著，他第二次第三次從鼻子短促且用力的吸氣，聞到了臭味。

「…………」

毛衣男子將視線移向副駕駛座上的貨物——那只木箱上。

他慢慢伸出雙手，將安全帶解開。

雖然猶豫了一瞬間，但他沒多久就下定決心將封住蓋子的束帶解開拿下，再把蓋子向上舉起來。

然後——

「——！」

他看到了裝在那裡的「東西」，說不出話來。

裡頭放的，是一隻狗。

在頗有深度的木箱裡，裝進了一隻用好幾層看起來很柔軟的布裹著的小白狗。

狗的全身覆蓋著毛，臉看起來還很幼小，耳朵感覺上也有點下垂，應該是出生後還不到三個月的幼犬吧。體長（註：從頸子起算不含頭部及尾巴的長度）大約三十公分，性別是公的。

可能是睡迷糊了吧，牠的動作遲鈍，在木箱裡的布當中半閉著眼，身體微微的來回抖動。那又白又蓬鬆的模樣，真的很令人憐愛。

而這隻狗沾上了臭味的源頭——也就是牠自己剛拉出來的柔軟糞便，把牠的後腳弄得黏黏的很髒。

「怎麼變這樣……如果是生物的話，一開始就要說是生物啊……」

毛衣男子非常不愉快的自言自語聲，在森林當中流瀉。他的腦中大概浮現出隊長那鬍子歪一邊笑得不懷好意的臉了吧。

這句話讓狗醒過來了。

牠臉上那還滿大、黑漆漆而且圓滾滾的眼睛大大睜開，對上毛衣男子的雙眼。

「嗚汪！」

突然叫了一聲。

明明很小隻的牠聲音卻意外響亮，讓牠眼前的人類耳朵大受震撼。牠對皺起眉頭的毛衣男子用同一招連續攻擊：

「嗚汪！嗚汪！嗚汪！嗚汪！嗚汪！嗚汪！嗚汪！嗚汪！」

狗在木箱中撐起身體，像是要讓敵人發現一樣的吠叫個不停。那叫聲非常清楚響亮，在寂靜的森林中四處傳揚。

「喂住口，安靜點。」

毛衣男子為了摀嘴而將左手伸到狗的面前。

「嗚汪！」

結果在一陣咆哮之後，他的手被一口咬住。

「可惡！」

毛衣男子先望著左手上被小小的牙齒弄出來的紅色血跡。

「嗚汪！」

再瞪著四肢用力向外踩踏、瞪向自己、後腳沾滿糞便的小狗。

「…………喂，下回你再給我叫一次，我就把你留在這裡。」

「嗚汪！」

狗彷彿聽得見他的聲音，毫不留情的吠叫個不停。

「哎……」

毛衣男子大大的嘆了口氣。

夜晚。

在森林深處完全為黑暗所包覆的時候——

「啊啊，好累……」

毛衣男子保持靠在越野車上的姿勢，仰望天空。

自從傍晚知道重要的貨物裡頭是身上沾滿糞便的幼犬之後，他就迫不得已要一心一意的去當褓姆，直到現在。

為了讓髒狗變乾淨，他只好使用貴重的飲水跟燃料。他只能用熱水跟用來代替抹布的一般布料，將牠來來回回擦了好幾遍。

而狗在揮動四肢死命掙扎又咬又叫了好幾次之後，可能是因為滿意了或者是累了的關係，牠對

「送貨的故事」
—Delivery—

毛衣男子一句感謝的話語都不說，就開始在木箱中發出鼻息聲入睡了。

「這傢伙……是吃什麼呢……？」

毛衣男子雖然在木箱當中尋找，看看是否有什麼資料或提示，比方說上面寫著「照顧方法」的紙張。

「可惡！」

不過什麼東西也沒有。這外包裝真的很不親切。

迫不得已，他試著將黏土棒一般的攜帶糧食，也就是自己的食物遞到狗的眼前。

「來，吃吧。」

可是眼睛微睜的狗只是聞了一兩下，就將頭撇往一邊去。

「啊啊，既然不想要就隨便你了。」

毛衣男子把食物送到自己口中時。

「嗚汪！」

狗又叫了起來，彷彿在說「把這個交給牠」。

「…………」

所以毛衣男子把吃過的食物拿到狗的嘴邊，但牠果然還是沒有吃。

「是要我怎樣？你是怎麼回事？難道說你只吃生肉嗎？沒有那種東西。還是要我去打獵？」

「嗚汪！嗚汪！」

牠好像在說不對。面對這隻一個勁要求些什麼的狗。

「…………」

毛衣男子思索了幾十秒，最後開始在小小鍋子中將水煮沸。

在使用貴重的水跟燃料煮出來的熱水中，他加入攜帶糧食讓它溶解，費了一番工夫，試著製作出某種黏糊糊的東西。等到這東西稍微冷卻之後，他舀出一部分盛到鍋蓋中，並置放在木箱裡頭——

『很好，一開始如果你這樣做就好了，人類。』

狗彷彿像是說出這樣的話一般的瞧了毛衣男子一眼，就開始吃了，狂嗑猛咬，吃相兇猛。同時牠還在木箱中將吃的東西隨處狂甩，濺滿四周。

「啊啊……」

在這箱子已經就這麼變成狗窩的情況下，也不可能放著給它髒。在狗吃完之後，毛衣男子迫不得已，開始擦拭木箱裡頭。

可是布一伸進去，狗就過來咬它；想甩開牠反而讓牠更激動，牙齒直接咬到手上來了。

「好痛！你這個白痴！」

毛衣男子先停下手來，再度思索，然後從包包當中取出一條帶子。那是原本綁在刀子側邊大約兩公尺長，又被稱為刀穗的繩帶。

毛衣男子將那條繩帶的其中一端打成繩圈，套在狗的脖子上。

狗猛烈的掙扎，暴烈的抵抗。毛衣男手上各個地方都被咬了，被咬到幾乎沒有一個地方沒有被咬過。

「唔！這傢伙！乖一點！」

經過數分鐘格鬥的結果，他總算成功將繩圈套上狗的脖子，並讓牠坐在駕駛座，隨即把繩帶緊緊綁在車子側面的金屬管上，然後又被咬了。

這樣一來，狗應該也暫時不會阻擾，他就可以整理木箱了。就算是目中無人的狗，也沒辦法再動手動腳露牙齒了吧。

正當毛衣男子擦拭木箱，好不容易快要擦完的時候。

「啊啊……」

狗在駕駛座上盛大的拉出糞便，並以四肢瘋狂掙扎，讓那些東西往四周飛濺。

「啊啊，好累……」

毛衣男子保持靠在越野車上的姿勢，仰望天空。

雖然駕駛座一帶還是有點臭味，不過再繼續下去也很麻煩於是不擦了，就等那邊乾掉。

讓自己費了好大一番工夫的狗正睡在箱子裡面。可能是進入熟睡模式了吧，就算把木箱搬起來有所搖動也沒有讓牠醒來。

毛衣男子開始搭建自己的帳篷。

本來應該是天還亮著的時候就該做的行動。不過，已經不能用火或打燈了。因為即使從遠方看，這麼做也會輕易暴露自己所在的位置。

幸好天氣不錯，微亮的月光幫了很大的忙。

毛衣男子在盡可能平坦的地方攤開帳篷布並穿過管子，搭好了一座真的很小，僅可供一人躺進去的帳篷。

將隱約有臭味的毛衣脫下，成了長袖白襯衫外加牛仔褲打扮的男子，把厚厚的冬季用睡袋跟刀拿進帳篷內，原本自己也打算要進去時——

「…………」

他先回到越野車，將放在副駕駛座上的木箱搬起來，慢慢的放進帳篷內。

然後自己才鑽進去。

「……好窄啊。」

他讓自己在睡袋裡的腳從帳篷入口露出好一大截，就這樣睡了。

隔天。

男子在天空開始翻白的黎明時醒來，隨即狗也醒來了。

狗在起來以後馬上幹的事情，果然還是不分場所的排泄。

「唔！」

「送貨的故事」
—Delivery—

男子起來以後馬上幹的事情，則是對因為小便從木箱空隙中漏出來而弄濕的睡袋跟帳篷地舖，進行死命擦拭的行為。

雖然是寒冷的早晨，男子在穿上毛衣以前就已經滿身大汗。他將髒襯衫脫下換了件新的，再穿上毛衣。

毛衣男子把已經完全成了抹布的木箱裡的布洗一洗，在越野車的鐵管上掛成一排晾乾。幸好今天也是個好天氣，應該沒多久就會乾了。

他在狗的頸子繫上繩帶，這回他把繩帶綁到了越野車的輪胎上。

狗很想四處亂跑拚命掙脫，雖然沒多久就放棄掙扎。

「嗚汪！嗚汪！嗚汪！嗚汪！嗚汪！嗚汪！嗚汪！嗚汪！嗚汪！嗚汪！嗚汪！嗚汪！嗚汪！嗚汪！嗚汪！嗚汪！」

但在這段期間，牠一直在吠叫著。

毛衣男子已經放棄要狗安靜下來了。他一面皺著眉頭面對牠尖銳的叫聲，一面保持將刀插在腰間的姿態做早餐。
雖然自己那一份攜帶糧食只要直接吃下去就好，可是狗那一份必須要用熱水弄軟，費了他十倍的工夫。當然，燃料與水的消耗量也很大。
「這下子，如果沒在哪個地方補給的話就不行了呢……」
毛衣男子如此說，同時有些憤恨的看著不過一天就變空的一只塑膠水箱。
狗則不在意他的這份辛勞，在地上狂吃著剛做好的食物並將其四處亂噴。
吃過飯後，毛衣男子就立刻出發。
他穿越森林回到道路上，一面確認自己沒有走錯應該要行進的方向一面行駛，冰冷的空氣不斷拂掠男子的臉頰。
然而一行駛就馬上有事。
「嗚汪！」
狗開始叫了。
牠在緊緊綑在副駕駛座上的木箱裡頭叫著，然後掙扎。
「嗚汪！嗚汪！嗚汪！」
在狂吠之餘牠還對木箱又啃又踢，以很有可能將它破壞的力道大肆掙扎。因為沒有布當緩衝的

關係，牠的吵鬧程度跟所造成的晃動都相當劇烈。

「不要吵！你最安全的地方就是那裡！」

毛衣男子雖然試著喝斥。

「嗚汪！」

但狗的抗議跟掙扎卻沒有休止。

「哎……」

毛衣男子只在道路上行駛了一百公尺，就將越野車停了下來。

「如果在裡頭就受傷的話我可受不了……」

他打開木箱，狗則在變亮的箱子裡仰望著毛衣男子。然後，牠看起來似乎面帶微笑。

「你是要我怎麼做？」

「嗚汪！」

「是嗎，是要我放你出來。可是，出了什麼事，我可不管啊。」

毛衣男子向狗伸出雙手。雖然男子以為會被咬還擺了個架勢，不過他沒有被咬。

接下來他就這麼用雙手把小小的身體舉起來，並以手背將木箱推落到副駕駛座的腳下位置。

然後他把這白色物體放在副駕駛座上。雖然他煩惱套在頸子上的繩帶要怎麼處理，不過他怕一旦有什麼事的時候牠就成了吊死狗，還是很乾脆的將繩帶解下來了。

「出了什麼事，我可不管啊。」

毛衣男子又說了同樣的話，然後慢慢發動越野車。

在以步行的速度行進的期間，狗在副駕駛座的椅子上看似愉快，而且很乖巧的坐著。

「是嗎，你也覺得出來外面比較好嗎。」

毛衣男子加快了越野車的速度。他深踩油門，有些爽快地打著排檔。

毛衣男子側眼看去。

狗一直抬頭看著左右的樹枝流逝而去的風景。

吹入車內的寒風，讓牠的白毛宛如麥田中的麥穗一般波濤起伏。

這一天的傍晚。

「今天也好累……」

毛衣男子將越野車停下來的地方，是流經森林中的一條小溪畔。

天空放出橙色的光輝，原本一直照耀世界的太陽也逐漸隱沒在森林的另一頭。

「都是因為你的關係，完全沒有前進啊。」

毛衣男子憤恨地看著右邊。

白狗在副駕駛座上，睡得很香甜。

從日出到日落，雖然足足有十個小時——

行駛距離卻沒有多少進展，里程表上顯示的數字，是差不多一百五十公里。

理由只有一個。不是山賊的襲擊，也不是路況不好，更不是越野車故障。

而是因為白狗撒野，讓毛衣男子不停耗費大量的工夫。

早上狗從木箱出來之後，馬上就撇出大小便來了，還撇得很豪爽。

在毛衣男子擦拭副駕駛座的時候，狗從越野車的引擎蓋上跳下去逃進森林中。

他在森林中進行了一場壯烈的追逐戰，直到總算逮到狗為止。以時間來算，他扎扎實實追了三十分鐘以上。在那段時間裡，毛衣男子還動了三次是不是要放棄那隻狗拋下任務逃亡去的念頭。

在他終於逮到跑累的狗，用繩帶將牠全部的腳綁起來放倒在副駕駛座上再發動車子行駛之後，這回真的才不過前進一點點的距離，狗就吐了。

原本他以為牠吐的地方是在副駕駛座的腳下位置所以打算無視情況行駛下去，不過他還是無法忍受那股撲鼻而來的酸臭味，又停下來擦拭越野車了。

因為他不希望牠又一次在座位上大小便，只好為了狗的需要定期安排牠去上廁所兼休息，也就是一心一意的等牠上到完，並不停重複相同的事情——

這也讓行駛距離沒辦法有所進展。

中午過後，毛衣男子在森林中發現一條溪流，是一條從道路望去很難看得清楚流經區域的溪流。

雖然有點早，不過他決定這個水可以用到爽的地方就是今晚的露營地點。

他趁天還亮的時候將帳篷設置好，又因為不希望燃料減少的關係而將河邊的漂流木收集起來焚燒，把自己汲取過來的溪水煮開——開始為狗製作餐點。

「按照計畫，一天應該可以前進三百公里才對。可是拜你所賜，只前進一半。」

毛衣男子一面將攜帶糧食分出一部分丟入鍋裡，一面對狗抱怨。

在副駕駛座上睡得很香甜的狗，沒有任何回答。

毛衣男子用湯匙把不易溶解的攜帶糧食攪拌了好幾次，讓它溶解在熱水中，這是相當麻煩的作業。因為剛做好就直接端出去會太燙，他加了水弄稀一點並繼續攪拌，總算是完成了。

「喂，做好了喔。」

毛衣男子搖了搖狗屁股把牠弄醒，並將盛裝了狗食的鍋蓋遞到牠面前。

『是食物嗎。嗯，辛苦了。』

彷彿是在表達這句話一般，狗很有精神的迅速起身。

『可是，這跟先前的都一樣，太混了！』

狗又彷彿是在表達這句話一般的以前腳將鍋蓋踢飛，讓那裡頭的東西全都濺進越野車內。

「…………」

毛衣男子的手，慢慢伸向左腰的刀並握住刀柄。

他就這麼握了一陣子。

第三天，是雨天。

從早上就開始下的雨，沒多久就轉為傾盆而下的冷冽冬雨，在這氣溫下就算凝結成雪也不奇怪。

即使在大雨中，毛衣男子還是可以讓越野車行駛。他穿著防水的防寒衣褲、戴著防風眼鏡，也做好了臉跟手在一定程度上會變濕的心理準備。

可是。

「嗚汪！」

有個不希望這種情況發生的乘客在這裡。

為了不讓白狗弄濕，他只好把牠塞進原本裝牠的木箱並在上頭覆蓋防水布。可是因為裡頭狹窄又漆黑，討厭在空氣不流通的狀態下坐越野車的白狗竭力抵抗瘋狂掙扎，還咬了他的手。

那麼如果是副駕駛座腳下的平坦位置會怎麼樣呢？他試著將狗塞進那裡。

「嗚汪！」

狗咬了他的手。

結果防寒衣男子只好把狗放在自己的懷中。

他把狗放進防寒衣的肚子部位，只讓牠臉的一小塊從胸口露出來，以這種狀態行駛。

雖說是理所當然，但駕駛非常不順。由於每次打方向盤的時候，討厭頭被自己的手臂打到的狗就會又叫又咬。

「…………」

所以男子被迫要用令人傻眼的低速駕駛。

「真是夠了。」

一到中午，男子找到一處不管是在洪水還是在山崩的情況下都很安全的場所，就在那裡把越野車停下來。那是在森林中一處什麼都沒有的地方。

這一天的行駛距離，是六十公里。累計二百九十公里，還剩下四百一十公里。

還沒有走到一半。可是在男子的計畫中，在這一天的夜晚應該就要抵達了才對。

在外側布幕受雨敲擊的帳篷中脫下防寒衣的毛衣男子，將好不容易調理到可以吃的攜帶糧食粥讓給狗吃，自己那一份則忍住不吃。因為再這樣下去，糧食很快就會不夠了。

面對大口吃得津津有味的狗——

「到了緊要關頭……我可是會把你給吃了啊。」

毛衣男子一臉認真的說。

「嗚汪！」

狗在吃完之後可愛的叫了一聲，看似愉快的舔著男子的手。

「是嗎，你也是這麼打算的嗎。」

毛衣男子微微露出笑容。

這是他從離開傭兵部隊的營地以來，第一次露出來的笑容。

即使到了夜晚，冷冽的雨還是沒有停。下成這個樣子，也不可能讓睡袋露出帳篷再睡下去。

毛衣男子只好將自己在睡袋裡的腳蜷縮起來，做好了用非常窘迫的姿勢睡覺的心理準備。結果，狗從木箱中跑出來鑽進了睡袋裡面。

「是嗎。」

男子把木箱擺到外面去，得以在帳篷中將腳伸個筆直去睡覺。在他的胸口上，則有一塊常保溫暖的白色毛皮。

在雨勢減弱下來的夜晚時分，他雖然被想上廁所而抖動的狗弄醒了兩次。

「你這樣子告訴我，幫了我很大的忙。」

不過總算是避免自己跟睡袋都沾上小便的事情發生了。

第四天。

是一個天氣恢復大晴天，不過也因為輻射冷卻效應而相當寒冷的日子。

毛衣男子讓越野車狂奔，是升到最高檔位的高速行駛。

其中一個理由是森林中的道路變得又寬又筆直，看起來就像是一條通往地平線的直線。

另外一個理由則是——

「你這架勢是想當個小副駕嗎？」

白狗變得可以好好坐在副駕駛座上了。

牠的小屁股落在座椅深處，好好擺出了「坐下」的姿勢，以較低的視線一直瞪向前方——

「你看得見嗎？」

「嗚汪！」

「算了也好。」

男子像是把累積至今的鬱悶發洩出來一般，踩下了油門。

越野車也全面發揮其性能，將無葉的森林景色迅速拋至後面向前疾行。

因為也不能隨便浪費時間休息，男子於是一面駕駛一面吃著攜帶糧食，喝著早上事先泡好裝在水壺裡的茶。

另外一方面，如果要說狗怎麼樣的話——

「嗚汪！」

就是牠如果有要求，就會好好吠叫出聲了。

「是嗎，要上廁所嗎。」

毛衣男子在確認周圍沒有山賊的氣息之後將越野車停下。

從副駕駛座上下來的狗馬上拉出大小便；毛衣男子在牠旁邊一直用手按著刀，監視周圍。

上完廁所的狗，向毛衣男子懇求著。

「嗚汪！」

毛衣男子輕鬆將牠舉起放在副駕駛座上，隨即發動越野車向前行駛。

就這樣，一個人一隻狗一輛車如離弓之箭飛快奔馳——

在傍晚太陽下山的前一刻，抵達了小小的溪畔。

「很好！步調不錯，明天應該就可以到了。」

這一天飆出來的距離，足足有三百八十公里。

到目的地還剩下三十公里，毛衣男子跟白狗在森林中紮營露宿。

一個人一隻狗分吃了攜帶糧食，在帳篷中鑽進了同一只睡袋裡。

「是最後一個夜晚了。」

「嗚汪！」

「可是如果你從第一天開始就這麼乖乖聽話，我也就得救了。早在昨天你就可以到達目標之國了喔。」

「嗚汪！」

「算了也好。到了明天，你就可以在據說很想要你的王族房間裡睡覺了。大概會讓你睡在奢華的床上，還會為你準備一個專用的照顧人員呢。」

「嗚汪！」

「是嗎。」

這之後，他們互相嗅聞著彼此的味道睡著了。

隔天早上，也就是毛衣男子跟白狗出外旅行的第五天。

「那是什麼？」

在距離目標之國剩下幾公里的時間點，毛衣男子察覺到某件事。

在葉子落盡的森林深處，冷冽的藍天之中，可以看見黑煙高高竄升。似乎是火災。

等到再靠近一點，連城牆也納入視野時，他分辨出正在天空飛的黑色物體是什麼了。

行一樣。

「是磁浮艇嗎……」

那是不使用輪胎的運輸工具，又名「磁浮交通工具」，指的是磁浮車輛。

幾台磁浮艇在城牆的那一側，也就是國家上空來回打轉，彷彿是在幾處高高竄升的黑煙周圍繞行一樣。

對毛衣男子來說，他立刻就明白那是什麼樣的狀況。

是戰鬥。也就是說人跟人的戰爭正在國家之中進行。

其證據是不時傳來像遠方雷聲一般的攻擊聲，某個誰擊發大砲或說服者的聲音隱隱作響。

正在飛的磁浮艇十之八九是攻擊的那一方，因為防守的那一方沒必要那麼做。

「怎麼會這樣……」

毛衣男子露出了非常苦澀的表情。

他不想大剌剌地把貨物送給一個正在戰鬥的國家去點收。

「喂，休息了。」

「嗚汪！」

在距離城牆幾公里的森林中，毛衣男子跟白狗等待著。

等待聲音沉寂下來。

中午，在太陽來到南方天空最高處的時候，世界終於安靜下來了。

原本於遠方竄升的黑煙逐漸消失不見，轉為有點朦朧的白色蒸汽；那是有人正在滅火的證據，而且也可以說戰鬥確實是結束了。

毛衣男子在叫醒於副駕駛座上睡得很安穩的白狗之後，穿上防寒衣，將牠放進其中胸口的部位。這回他連牠的頭都遮住了。

「盡可能別動啊，別叫。」

狗沒有叫。

越野車駛近城門。

在那裡有幾名身穿紅褐色軍服的士兵，手持手動式步槍進行警戒，門則緊緊關閉著。

士兵們發現從森林中緩緩駛出來的越野車，下了停車指示。毛衣男子完全照做。

他保持坐在駕駛座上的姿勢，主動對靠近過來的士兵搭話：

「我是旅行者，希望可以入境休息。不過剛才我看到有磁浮艇在飛，可以問一下發生了什麼事嗎？」

本來以為對方不會回答，然而士兵卻露出了笑容說：

「旅行者，您在最棒的時機到來了呢！歡迎來到『新的我國』！」

「你的意思是？」

「早上開始發動的革命，就在剛剛成功了！我們的目標是打倒腐敗的王室、樹立民主的國家並開創新生活！」

毛衣男子對滿臉笑容的士兵說：

「那真是恭喜啊——話說回來，我可以入境了嗎？」

進入國內以後，毛衣男子讓白狗露臉，讓牠可以看見外面。

城牆裡頭正為一種異樣的氣氛所包圍。

在穿越城門前的田園地帶接近城鎮的時候，居民們口口聲聲高喊：

「革命萬歲！」

「新政府萬歲！」

他們的氣勢高亢不已。

繼續沿著道路行進之後，男子明白了。直到剛才為止還冒著黑煙的地方，是軍隊的基地；有設施遭到攻擊受損燃燒，成了一片焦土。

居民們看著可能是沒站到革命那一方的士兵們雙手被綁在後面帶走的模樣，歡呼聲此起彼落。

不管是被帶走的士兵，還是帶走他們的士兵，身上都穿著一模一樣的紅褐色軍服。他們所有人直到今天早上為止，都是同樣為王室工作的士兵們。

在低空的位置懸浮著一台磁浮艇；身穿綠色戰鬥服的男子們在那邊手持步槍，且架勢毫無輕敵跡象。

他們不光只有制服不同，連步槍的造型也不一樣，是比城門衛兵所持有的槍械還要進步的自動連發式步槍。

很明顯，他們不是這個國家的軍隊。

正因為有他們這些外國軍隊的協助，以及他們所擁有的磁浮艇之力量，革命才會成功吧。

當然，因為「這個國家的新政府」欠了那個國家莫大的恩情，今後在各種事情上應該會不得不聽從對方的意見吧。

「原來如此。」

毛衣男子喃喃自語。接著，他對看著同樣風景的白狗——

「喂，還好前天沒有入境啊。」

說出這樣的話語。

可能是非常憎恨王室吧，街上正為革命的成功而狂熱慶祝。

有民眾踐踏著上面圖樣感覺上應該是王室紋章的旗幟，改高舉新的旗子。越野車沒怎麼多在他們身邊停留，繼續以國家中央、也就是王宮為目標前進。

在國家中央有一座富麗堂皇占地廣大的王宮，四周被革命軍以及擁有磁浮艇的外國軍隊所包圍。

這並不是為了要監視是否有人從王宮內逃出來，恰好相反，是為了防止居民大舉闖入並以破壞行為洩憤而採取的措施。

「這樣一來，要進到裡頭去就沒辦法了吧？」

就在毛衣男子喃喃自語的時候。

「唷！你遲到啦！」

有個男子靠近越野車，過來搭話了。

是個身穿軍服的魁梧男子。

「…………」

毛衣男子默默的望著自己所認識的男子、那個「狗腿男子」的臉。

「跟我來吧，隊長在叫你，那個貨物一起來也沒關係喔？」

狗腿男子如此說完後，就對外國軍隊傳達了些什麼。結果包圍解開，越野車得以順利進入。

在「前」王宮的廣大庭園中，隨處都是破壞後的景象，以及直到今天早上為止都還活著的眾士兵之屍體。

從停在庭園中的越野車上下來的毛衣男子，繼續把白狗放在胸前，左手拿起內藏有刀的細長袋子，跟著狗腿男子走去。

他進到了不知耗費多少歲月及金錢才建造成那麼富麗堂皇的建築物中，跨過了好幾個士兵的屍體，終於被帶到了一個房間。

這處寬廣的單間大廳，有著精美裝飾的樑柱所支撐，並且用無數的繪畫、花瓶及鎧甲等物品裝點室內空間。

坐在那邊的椅子上喝茶的人，就是把自己派遣到這個場所的傭兵部隊隊長。

「唷！你遲到啦！」

他向毛衣男子拋出了與狗腿男子一模一樣的話語。

接著又說：

「送貨的故事」
—Delivery—

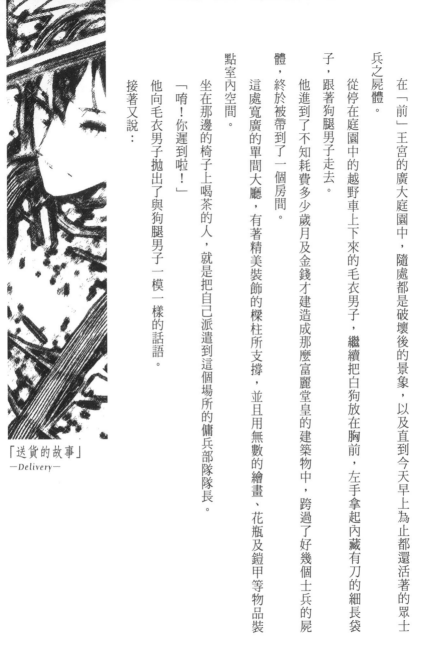

「作戰大成功，我們賺滿大的，不過也死了很多人。」

「原來如此。」

聽到他這一番話，就讓毛衣男子理解狀況，低聲如此說。

戰鬥，是傭兵部隊的工作。

這支部隊受僱於擁有磁浮艇的國家，承包了可能會產生戰死人員的最危險任務，也就是衝進近衛士兵們會死守的王宮之中。

「那就表示，將這隻狗送到的任務，其實沒有達成也無所謂嗎。」

毛衣男子詢問道。

「是啊，是這樣沒錯。」

隊長很乾脆地承認了：

「因為已經結束了，我就告訴你吧。在外國訂購這隻狗的行為，就是用來當作是委託我們支援革命的幌子。當時在王宮之中的革命派間諜好像是說：『在其他國家應該有符合國王陛下期望的狗，就讓小的出外打探』，而國王大人說的應該是：『那就買回來』之類的吧。」

「原來如此。這樣一來，本來不可能去的國外也就出得去了。」

「沒錯。間諜假裝要去蒐購狗，而且還是用國王授予的旅費，就這麼去尋找願意受託以軍事支援革命的國家及傭兵部隊。在那個契約成立的一瞬間，今天這個國家的命運也就決定。之後一切都照計畫進行，已經結束了。」

在隊長說完之後。

「也就是說呢，你就算中途死掉了，或者是不管過多久都沒把狗送到，都不會造成任何問題，就是這麼回事。」

狗腿男子又追加了一句雖然多餘卻是真相的話語。

「原來如此。」

「跟我來吧。讓你瞧瞧我們的『戰果』。」

隊長一面站起身來一面說，毛衣男子連同他懷中的狗一起踏出腳步，狗腿男子則不懷好意地笑著跟在最後。

他們在走廊上前進，到了一處由外國的士兵們極度嚴厲把守的房間。

隊長一走近，對方就默默為他們開了門。

三人一進到裡面——

「…………」

就傳來一陣非常嗆鼻的血腥味。

這處非常寬廣的房間，很有可能就是國王用來接受謁見的場所吧。這邊的內部裝潢也是富麗堂皇，位於高處的窗戶鑲嵌了美麗的彩色玻璃，讓房間色彩繽紛。

「躺在那地方的，就是直到今天早上為止還是這個國家統治者的所有大人物。」

隊長這麼說。

在空無一人的房間深處的石地板上，有一灘血海。

數十人份的屍體在血海旁邊以相同間距並排著。即使染成一片鮮紅，還是分辨得出他們穿著豪華的服飾。

有男、有女、有老人、有小孩、也有嬰兒。

「斬草除根。身上留有一絲王室血脈的人，沒有任何一個殘存下來，這就是革命的最終目的。把那些不抵抗就投降的、懇求饒過一命的、一直拜託只留這孩子活口的傢伙親手處決，也是我們的工作。」

隊長用有些愉快、有些欣喜、甚至還不怎麼遺憾的口氣這麼說。

毛衣男子看向隊長問道：

「原本應該是這隻狗收件人的人呢？」

「喂喂，你知道這個是要幹嘛？看也知道吧？王室的人全都掛了喔？」

雖然狗腿男子高聲嘲笑並如此說，不過毛衣男子無視其反應，繼續凝視著隊長。

隊長揚了一下留著鬍鬚的下巴，說：

「第三排的最左邊。」

毛衣男子將視線移向對方所說的場所。

在那裡有一具小女孩的屍體。

很可能是睡衣的連身裙被染成鮮紅色，長長的頭髮則跟著血一起緊緊黏在臉上，身體小小的，年齡大概還只有個位數。

毛衣男子連同懷中的狗，慢慢地走近過去。

最後，他在那具屍體的旁邊蹲了下去，連自己牛仔褲上的膝蓋部位染紅染濕都沒去理會。

小女孩的小臉蛋遭到大口徑步槍擊中，已經面目全非了。她應該連感受到痛的時間都沒有，就立即死亡了吧。

在小女孩的小小右手上，握著某個東西。

那是一張揉成一團的紙，幸運的是沒有被血沾染到。

「…………」

毛衣男子慢慢伸出右手，將它取下。

想來她應該是很用力地緊握著吧。當他將皺成一團的紙打開之後，看到裡頭畫了一幅圖畫。

是畫得很稚拙的圖畫。

雖然稚拙但可以分辨得出來。

是一個大概就是這孩子本人的小女孩，跟小白狗在一起坐在床上的圖畫。

是帶著笑容的小女孩，跟帶著笑容的白狗的圖畫。

上面用依然稚拙的文字這麼寫著：

『我跟「陸」，從今以後，到死為止，都要一直在一起。不管在什麼時候，都要一直當好朋友。』

毛衣男子在給胸口的狗也看了那張紙以後——

「是啊，你的名字似乎是叫『陸』。應該是遠方國家的詞語吧，意思是『大地』。而原本非常期待等你來的你主人，今天死了。」

低聲自語著。

「是這樣的嗎。」

小白狗果然也低聲回答，讓毛衣男子眨了兩、三下眼睛。

他以隊長等人聽不見的極細微聲音，對胸口的生物開口說：

「怎麼？你會說話？」

「好像是這樣。」

「什麼時候會的？」

「現在。」

「為什麼突然會？」

「你知道嗎？狗會以人類好幾倍的速度老化，就算突然變得會說話，也不是什麼不可思議的事。」

「呃是很不可思議喔。不過，現在就別在這種地方追究太深吧……重要的是，你怎麼辦？你的主人死了，就某種意義來說你就自由了，你可以隨你喜歡的活下去。」

「你這句話真是讓我非常感謝。那麼，我就隨我喜歡的活下去。我來當你的僕人吧，我叫陸，以後還請留心關照。」

「我拒絕。」

「那麼，你就是我的僕人。從今以後，你叫我陸大人就行了。」

「我不要。」

「那麼果然我還是當僕人好了。可以告訴我你的名字嗎？」

就在這時候。

「喂喂，是在碎碎念個什麼啊？難道你有主動跟屍體說話的性癖喔？」

狗腿男子從他的身後直接出聲說話了。

毛衣男子迅速起身。

「沒什麼事。」

同時讓紙離手。

紙落在血泊中，逐漸染紅。畫在上面的圖畫跟文字，逐漸變得再也無法看見了。

毛衣男子左手緊抓著細長袋子，右手摟住懷中的狗，回到了隊長與狗腿男子所在的位置。

接下來，他向隊長這麼說：

「我的任務，已經結束了。」

「說的也是。」

「因為時機正好，我想離開部隊。原本我就一直在盤算冬天過了就可以走，現在應該是個好機會。」

「是嗎，辛苦你了。」

雖然隊長毫不猶豫的下達許可。

「給我慢著——那隻狗先放下來再走，我要把牠『送到』飼主那邊去！」

狗腿男子卻動口也動手了。

毛衣男子以左手所持的袋子跟裡頭的東西，敲擊了朝自己胸口伸過來的手。

「喂！你在給我擺什麼架子啊？」

狗腿男子臉色大變。

「這個貨物要交付的對象已經不在了，可以隨我去自由處理吧。反正是『不屬於任何人的戰利品』了。」

毛衣男子引用自己收到命令時隊長的話語，說。

狗腿男子也似乎還記得當時的對話：

「『如果被你反將一軍』才算吧？」

他在說話同時將手伸向腰間的掌中說服者，從槍套拔出，直接瞄向毛衣男子的臉。到目前為止他應該有好幾十次這麼殺過人了吧，動作迅速毫無停滯。

在這段時間，毛衣男子打開左手的袋口，以右手拔出裡頭的刀，精準地讓刀刃觸碰在狗腿男子的右頸肌肉上。

兩人的動作，都停住了。

「…………」

即使現在狗腿男子扣下扳機，子彈還是會飛到毛衣男子的左後方。

「你開槍吧。」

不過毛衣男子的刀只要移動幾公分，就確實可以切斷狗腿男子的右頸動脈。

「很好，到此為止，雙方都把武器收下。」

隊長一說完，狗腿男子就似乎很焦慮的先一步迅速收回說服者。他想收進槍套裡，但一直收不進去，重新收了三次才搞定。

相反的，毛衣男子緩緩地以舞蹈一般的動作將刀身收回，一聲不響的收進了僅從袋裡露出一點前端的刀鞘中。

狗腿男子滿頭大汗，抽身後退。

「果然，你是個能幹的男人啊。有點可惜啊。」

隊長則遺憾的如此說。

接著，滿臉鬍鬚的他露出笑容——

「我說你，應該是有什麼人生的目的，才讓你為了賺錢跟修行四處漂泊到今天吧？有如此能耐

的男人是為了什麼賭上自己的人生，我很想知道呢。」
抛出了尖銳的疑問過來。
「是為了要消滅某個王室。」
毛衣男子離去時的小小自語聲——
只有他胸前的狗聽得見。

「您已經參觀夠了嗎？革命的成功與新國家的建立！很想讓旅行者您成為這個國家重獲新生的歷史目擊者——」
連衛兵的話都沒有聽到最後，越野車就將城門抛在後面疾駛而去了。
駕駛座上坐著的是毛衣男子，而副駕駛座上——
「請告訴我，您的名字。」
則坐著一隻用非常客氣的聲調說話，露出笑咪咪的表情的小白狗。

第六話
「明年的計畫」
—Lucky Girls—

第六話「明年的計畫」
—Lucky Girls—

我的名字叫蘇，是一輛摩托車。

我被設計成能夠放在小客車後車廂隨身攜帶，是有點特殊的摩托車。我的車體原本就很小，當龍頭跟座椅摺疊起來就變得更小巧。不過，速度並不怎麼快。

騎乘我的主人叫芙特，性別是女性，年齡十七歲。蓄有一頭至背部的黑色長髮。

歷經風風雨雨好不容易抵達這個國家的我們，開始在這裡生活。而且又發生許多事情，讓芙特變成有錢人——但是她對照相愈來愈有興趣，目前正從事接受委託幫人拍照的工作。

而芙特（Photo）這個暱稱就是從攝影而來的，她以前並沒有名字。

這是在某個明明就日曆上來看已經算是夏天結束，可是太陽一出來還是熱到毫不留情的日子裡

所發生的事。

有人來到連樹上的濃綠葉子都顯得刺眼的白楊大道照相館，委託拍照。

雖然芙特基本上對於拍照工作的委託都會爽快接下——

「…………」

不過只有這一回，她猶豫了。

遠道來訪照相館的辦公室——雖然這麼說但也不過是一棟屋子裡的客廳的人，是一名穿著背後印有大大鎮名的運動外套男子。

看起來還不到二十五歲的他，自稱是距離這裡有半天左右的車程，名字則從來沒有聽說過的鎮公所職員。

地方政府的公務員，是要來委託拍什麼照？

他所陳述的詳細委託資訊是這樣的。

在那個城鎮，每年都會在廣闊的戶外會場舉辦音樂的節慶活動——也就是人們常說的「音樂節」。

這個國家中，講好聽是「樂壇新秀」，講不好聽就是「還不出名」的音樂家們會從四面八方齊聚一堂，在一個舞臺上輪番演奏。

包括一小段演奏與鎮長等人致詞的前夕活動，以及連續兩天從早到晚在主舞臺的活動在內，舉辦期間有三天。

在這段期間，從周圍的城鎮及都市或者是更遠的地方，會有大量旅客蜂擁而至。有些旅客會住在城鎮的旅館，不過絕大部分的人會因為房間不夠而搭起帳篷欣賞演奏，餐飲等小吃之類的攤販生意也很興隆。

這活動也頗有歷史了，算起來這一屆是第二十三屆。

也有許多人是因為在這個音樂節中演唱而受到眾人矚目、人氣竄升，最終成為知名歌手、知名音樂家。

在最後一天的尾聲，知名人士也會以特別來賓的身分參與演出，作為壓軸。

平常情況下很難搶到票的人物會來，而且還可以用非常便宜的入場費就看得到，嗯，是會很有人氣的啊。

因為據說三天加總起來會有數倍於城鎮人口的旅客來訪，是滿了不起的。對小城鎮來說，這是一年一度要拿出真本事應對的戰場。就是跟字面一樣的「傾全鎮之力的一大活動」。

對方就是委託芙特拍這活動的照片。

盡可能的拍攝舞臺上跟觀眾席的狀況，並作為記錄保存。當然媒體也應該會來，但這委託跟他們是兩回事。城鎮保有照片的使用權利，會將它們運用在宣導雜誌或者是明年音樂節的介紹上。

直到去年為止，一直都是這個城鎮中的照相館大叔以志工身分入場拍攝，但很不幸的是他突然閃到腰，完全沒辦法工作了。

好像是在音樂節的攝影練習過程中，因為抱著耗費巨資新買但也更沉重的攝影器材而發生的憾事。還請他多保重。

就這樣，對方在距離開演還有幾天的這個時間點，突然來找芙特商量了。

「懇求您，一定要答應！我試著找了鄰近城鎮的攝影師，可是因為太趕都沒辦法，找著找著就到這裡來了。雖然說規模已經變大，不過還是城鎮的活動，經費全都是用稅金支出，所以我們可以支付的報酬絕對談不上多……」

「明年的計畫」
—Lucky Girls—

面對低頭鞠躬的男子，芙特這麼說：

「不是的，報酬之類的其實是還好——」

不，一點也不好。

既然都好好拍了，錢就要好好拿啊。

我沉默著。芙特繼續說：

「我一直都是一個人拍攝，如果要拿著必要的器材到處跑……能不能好好完成三天期間的工作，多少會有些不安。」

「的確，閃到腰就恐怖啦。」

「蘇！」

哎呀，我被罵了。

正因為芙特是從小就沒去上學不眠不休的工作，而且雖說時間不長但連「奴隸」都曾經當過，所以我認為她不論是體力還是耐力，都要比這一帶的同齡女性要來得好。

雖然話是這麼說，但要她連續三天拿著好幾款沉重的照相機跟鏡頭到處跑，還要持續拍攝，是相當辛苦。

「那麼！如果我說給芙特您配個助手的話不知意下如何？」

這個年輕男子如果在這裡被拒絕的話，大概也沒臉回鎮公所了吧。他很拚命的懇求著。

「雖然這是我私人的祕招，不過在我的表姐妹當中，有個很有力氣的年輕女性！她在高中一直在玩摔角，而且也曾拿到冠軍！體力和體格都沒有話講！」

哦，這傢伙說不定還滿管用的。

「是什麼樣的人呢？還有，她有那樣的空閒嗎？」

「其實她在畢業以後，不管什麼工作都做不久，就回到老家的酪農場，現在是這個……沒在工作，也沒在念書就是了……」

哦，這傢伙說不定還滿沒用的。

記得這樣的人，在某個國家是叫作「尼特族」什麼的吧。這個詞彙，在這個國家也適用嗎？算了，這種事情無所謂。

好了，芙特要怎麼做呢？

如果照一般的看法，像這種真相不明——不對，是不知道來歷——好像沒什麼差啊，算了總之

就是那種「好像很沒用」的助手，就算收了反而只會讓事情更麻煩而已。

如果是一般人的話，這時候應該就會明確拒絕了吧。

「我明白了！既然您都為我做到這個地步了，我會盡全力試試看的！」

嗯，這傢伙就是這樣的人。我就知道。

外勤工作，就此定案。

數天後。

音樂節的第一天，也就是前夕活動舉辦當天的上午，我們來到了那個城鎮。

當然是芙特駕駛小型卡車，把攝影器材跟我放在車斗上。

雖然我們是在黎明時分從白楊大道的家中出發，不過路很順暢，抵達的時間比想像中還早。

在吃過稍嫌早的午餐後，芙特將卡車停在鎮公所，背著裡頭裝了兩臺照相機跟底片的背包，跨坐在我上面。

兩個大大的照相機收納箱，如果留在卡車上怕會被偷，於是她先交給鎮公所保管。要我帶著那些東西行駛是絕對沒辦法的。

在秋老虎的悶熱晴空下，我們行駛在四周可見地平線的寬廣道路上，前往音樂節會場。

這個城鎮是以酪農業為主。在平坦的大地上，四處都是整片收割過卻依然青翠茂盛的牧草地。在那裡，有一座附設大型擴音器的壯觀舞臺。

雖然那似乎是只為了這音樂節而暫時性搭設的舞臺，不過以舞臺的標準來說是相當的氣派。舞臺寬三十公尺、從地面起算的高度是兩公尺，雖說是以鋼骨組裝再鋪上厚厚的木板，卻是有用水泥打好地基的。

我還在想這塊巨大的水泥在一年的其他日子裡究竟會用來做什麼的時候，就聽說它會成為大水槽；接著在我想用這大水槽是要來做什麼的時候，就知道它原來是牛的飲水場了，原來如此。

在舞臺的上方，有以粗鋼管組裝而成的頂棚，還有裝置齊全的照明設備，甚至從附近的電線桿拉了粗電線過來。

在舞臺的周圍，應該是在做最後確認的作業吧，有許多人滿頭大汗趕工整備。有人在做後方裝飾的收尾工程，有人在確認樂器的位置，有人則在測試那些樂器是否發得出聲音來。

在舞臺的後方，則圍了好大一圈鐵絲網，許多卡車跟公車並排停在那裡。似乎這邊是用來當作放置器材的地方，還有就是工作人員與演出者的休息場所了。

在舞臺的正面，也就是「觀眾席」上並沒有座椅。觀眾在長著短短的牧草地上席地而坐，或者就這麼站著。

有趣的地方是，他們刻意運用了斜坡。

與舞臺距離越遠的地面，其坡度也隨之緩緩上升；這樣一來，就成了自然的高層座席。這是個就算在前面的觀眾激動到站起身來，坐在後面的人也看得見舞臺的策略。

整個區域可以讓相當多的人進來，就算所有人都坐下來也可以坐上幾千人，不對，一萬人也綽綽有餘吧。

周圍的牧草地也特別對外開放。在觀眾席區域以外的場所，這段期間特別允許人員自由進入並從事露營活動。

可是本來牧草地是「栽種牧草的田地」，就算沒有柵欄也不是可以踏進去的場所。應該說真不愧是傾全鎮之力的音樂節嗎。

此時已經有客人進駐，帳篷就像花朵一樣在翠綠中到處綻放。

繩子拉出空間作為通道，在通道旁邊則設了許多臨時廁所，甚至還拉了臨時的自來水管。

在面朝道路與通道的攤販區域，正為了賺大錢——不，為了讓客人吃好料而迅速進行準備工作，已經有幾家在營業中，打算填飽肚子的人們正在排隊。

雖然是這樣的地方，不過我們還是得到了在演奏以外的時間發動引擎行駛的許可。

「照相記錄員」。

將這臂章圍在左手臂上的芙特騎著我走走停停，拍了照後又繼續移動。

「好有趣的風景呢。人可以把這裡填到密密麻麻的真厲害。」

芙特好像很開心的說。

剛才在鎮公所，有人讓我們看了「閃到腰的大叔」過去所拍的音樂節照片。

雖然第一天跟第二天沒有那麼多人，可是每年一定都會辦在假日的第三天就相當熱鬧了。觀眾席就是跟字面一樣的「填滿了人」，密密麻麻的。

「真美好的經驗呢。」

芙特好像很開心。

「那是很好，不過接下來可別忘了補充水分糖分跟鹽分啊。只要感到有一點點累，就算很想拍照也要休息啊。」

不過我比較在意的是芙特。

接下來的三天期間，要在還算滿熱的天氣下拍攝一整天，是相當辛苦。畢竟芙特這傢伙只要沉迷在拍攝中，就會忘了很多事啊。

「嗯，我會注意的，謝謝你。而且，有很多地方也可以請助手幫忙。」

如果是這樣就好了。

而這位助手，好像馬上就會過來了。

我們這邊是不知道對方長什麼樣子，不過關於我們這邊的資訊應該已經傳達給對方了才對。很小的摩托車跟少女攝影師，這種組合是不會看錯的吧。

「對不起……是芙特、跟蘇嗎？」

妳看，來啦。

芙特轉過頭來。

「對不起……我是負責幫忙工作的，叫伊萊莎……」

看到的是一個以虛弱的聲調出聲說話，有些駝背的年輕女子。

只是塊頭很大。

這個叫伊萊莎的女生如果用一句話來說明就是——

「看起來會輸的大猩猩。」

大概是這樣吧。

當然因為會被芙特罵，這種事我不會說出口，不過我也不知道摩托車的口長在哪裡就是了。

伊萊莎的年紀很輕，比芙特大一點，差不多二十歲。牛仔布連身工作服搭配紅色方格紋襯衫的打扮，讓她感覺上就是個典型的農家小姑娘。

包在那身衣服下的體型，真的是很威猛。

身高比芙特高了大概兩個頭，雖然這個國家的女性有很多是高個子，不過伊萊莎除了個子高，還有滿身肌肉。

她的手掌很大、手臂很粗、肩膀很寬、胸脯也很厚。我的意思並不是像女性那樣的豐滿，是胸肌很厚實。

應該說真不愧是前摔角選手嗎，那個男子所說的那句話，所謂「體力和體格都沒有話講」的宣傳文句好像不是假的。

可是，她怎麼看都好像很弱。

我指的不是身體，而是精神。

在以女性而言剪得又短又齊的褐髮下方的那張臉，簡直就像是飽受驚嚇的小動物一樣，跟那眼角多少有些下垂的兩隻眼睛也很相襯，對我來說她看起來真的很不可靠。不對，由誰看來都會這麼覺得吧。駝背更加強了那種孱弱的氣息。

「初次見面！我是芙特！這是我的伙伴蘇！」

快活打了聲招呼的芙特，明明年齡跟身高的數字都比較小卻還比較有精神。

「伊萊莎！從今天開始的三天期間，要請妳多指教！」

「啊、好、好的……」

雖然芙特就是一如以往的平常模樣，不過伊萊莎卻被這股氣勢壓倒，露出很想從這個地方逃走的表情。

真的沒問題吧？這位大姊。

不過算了，基本上只要讓她拿行李就好了。

從結論開始說吧。

「沒有她在會不會比較好啊……？」

「蘇！不可以這麼說！」

我又被罵了。

現在是夜晚。

是前夕活動結束之後的深夜時分。牆邊的時鐘告訴我，馬上就是新的一天了。

我們在鎮公所分配的一個旅館房間裡面。雖然是個只有床跟書桌的超狹小房間，但是比蟲子很多的帳篷要好多了。

穿著睡衣的芙特，正在書桌上清理照相機。

「明年的計畫」

—Lucky Girls—

從今天下午開始到晚上，伊萊莎就擔任芙特的助手。我在觀眾席旁邊的工作人員席上一直看著她們——

不過嘛，伊萊莎就是遲鈍。

她幫芙特將裡頭滿滿裝了攝影器材跟底片、非常沉重的鋁製照相機收納箱，輕鬆地以雙肩扛起來四處搬運，這點真是非常感謝。她的肌力真不是蓋的，這點很棒。

可是，除了這點以外就完全不行了。

想勉強跟上動作迅速的芙特卻追不上的她，有好幾次是身體或包包撞到了他人，而且每次都要道歉。

芙特拜託她準備的必要鏡頭，她會拿錯。即使花了再久的時間，哪個要搭配什麼，她都記不住。

為了要能夠中途不間斷地拍攝，芙特曾經試著親切仔細的教她更換底片的方法，可是她弄了好多次都還是完全沒辦法熟練。

結果她就把底片給搞壞了。雖說在拍攝前弄壞的是還算好，不過在開始拍攝以後，連芙特拍好的照片也全部報銷了。到最後，更換底片的工作就全部由芙特來做了。

她去洗手間休息一下卻把芙特所在的位置給忘了，有好一段時間回不來。芙特在這段期間，一直沒辦法從照相機收納箱旁邊離開。

而她的最後一擊，就是太緊張到手滑，把裝好望遠鏡頭的照相機本體掉到腳下的事了。

幸好掉下去的地方是柔軟的土壤跟草皮，器材沒有損壞真是太好了。

如今芙特正死命的用小刷子將卡在這玩意細部的土砂清掉。說真的，這個時間她早該讓自己疲累的身體橫躺在床上了。

勉強自己做多餘工作的芙特，這麼說：

「伊萊莎已經用她的方式努力幫我了。要是她不在的話，我不可能拍那麼多各式各樣的照片呀。」

「這樣啊。明天她應該會記取今天的失敗經驗並加以活用吧。」

雖然我是說了這樣的話，但在內心當中，我一點都沒有這麼想的意思。

而在第二天，雖然音樂節的正式活動是開始了——

但芙特在這一天還是很辛苦。

伊萊莎遲鈍的地方還是沒有變，這該不會是她天生就具有的特質了吧？總覺得她的能力，還達不到那種經過提醒就會改進或者是變好之類的等級。

我非常理解她就業之後工作都做不久的理由了。雇主也一定很辛苦吧。

這一天從早上開始，就有形形色色的人演奏形形色色類型的音樂。

有人演奏這個國家當中人氣牢不可破的鄉村音樂，有人則演奏年輕人中流行的搖滾樂，還有人演奏昔日流傳的古典樂曲，或者是以無伴奏合唱團的形式開唱，也有組成打擊樂團開場的。

那真的是非常的熱鬧，觀眾也愈聚愈多。在這個時間點，入場人數就已經比去年同期還要多得多了。

芙特的脖子上掛著兩台分別裝上望遠鏡頭與廣角鏡頭的照相機，在舞台下方區域靈巧的穿梭拍照。

因為伊萊莎跟著會讓整體的動作無法迅速，於是芙特讓她在舞臺旁邊待命。如果無袖外衣口袋裡的備用底片沒了，芙特就會跑回她那邊去。

然後就靠自己迅速更換底片，再把一些底片塞進口袋裡，又開始到處跑。

哎呀哎呀，我愈看愈覺得那真的是非常的辛苦。因為天氣晴朗炎熱，芙特果然汗流浹背了。

到頭來，伊萊莎達成的任務等級，就是照相機收納箱的看守人員程度而已。坦白講如果是這種工作的話，就算是我停在舞臺旁邊也應該辦得到吧。

可是芙特連怨言也沒有，她一面以開朗的笑容向伊萊莎道謝，一面在大熱天當中流著汗水四處奔跑、狂拍照片。

當然，伊萊莎本人也應該明白這樣的自己有多沒用吧。

每當芙特從自己的身邊離開，本來壯碩又厚實的身體就會縮成一團，而且整個人也顯得無精打采。

我在聆聽歌唱與音樂的同時，也一直看著這樣的伊萊莎。

音樂節的第二天，以活動的標準來說是平安無事，而且盛況空前的結束了。

在太陽西沉的時候，我跟芙特回到房間裡。

「我回來、了……」

芙特把照相機收納包跟照相機收納箱擱在地板上，整個人倒在床上就睡著了。她幾乎一整天都不顧一切的活動、不顧一切的工作，也難為她了。

其實我是想讓她好好吃點什麼，不過今天跟昨天不一樣的地方是還有時間，就讓她睡差不多一個鐘頭吧。

今天的工作結束了。

雖然芙特疲憊不堪，不過總之她的身體沒出現不良狀況也沒有受傷、沒閃到腰，算是撐過來了。而且拍攝工作看起來也進行得頗順利，當然在顯影作業以前還不知道成果如何，不過芙特的技術是可以信賴的。

伊萊莎不管用這點就不去管了，只要明天也照這步調順利結束的話就好了。

就在我看著芙特睡著時沉穩呼吸的樣子並如此心想的時候，窗外遠方的天空發出了亮光。

接著在數秒鐘之後，可以聽得見雷聲。

我有種暴風將至的預感。

「喂，這種情況下會怎麼樣？活動中止嗎？」

我向那位先前到芙特的店裡來商量事情的男子發問。

「當然要辦啊！要辦！怎麼會不辦！」

他十分有精神的回答。

這名男子的臉頰比兩天前還要削瘦憔悴，兩眼底下還冒出了超黑的眼圈，他和鎮公所的人都為了這場大型活動的幕後工作而忙翻天。

他在這兩天應該也沒怎麼睡吧。

「最後一天！下雨也要衝！可以的可以的！大家一起精神飽滿的來唱歌吧！」

拜此所賜，他的情緒嗨到好像嗑了毒品一樣。如果現在說拍攝費用要加倍的話，說不定他還會答應下來。

不過我是沒說啦。

「明年的計畫」
—Lucky Girls—

音樂節最後一天，從早上就開始下大雨。

正確來說是從昨晚就開始下大雨，是雷聲轟轟作響之後宛如水桶打翻一般的豪雨。雖然聲響真的很大，但芙特一直睡得很沉。

在我硬是把芙特叫起來吃已經很晚的晚餐時，雨勢一度有變小；不過等到早上起來一看雨勢還是相當的大，就是所謂淅瀝淅瀝下個不停。

當我把「不可能會中止」這句令人感激的回答傳達給芙特之後。

「當然我也會努力的！昨天我已經睡很久了！而且也不累！早餐也吃很多了！」

「果然妳還是很強韌啊。照相機那邊沒問題吧？」

「我聽說主要用的那台是專業機型，可以防塵防水，而且還裝了防雨罩！拿這一台再把中望遠鏡頭固定好就可以上了！只要注意更換底片就好！」

不光只有男子，連芙特的情緒也很嗨。我說你們啊，是勇於挑戰困難的勇者喔。

「那就好。妳這邊呢？可別讓身體弄濕了啊。」

「當然雨衣已經準備好了！橡皮長靴也是！」

「很好。那麼，伊萊莎要怎麼辦？看今天那樣，不用勉強她一起過來應該也可以吧？」

雖然我的說法有點嚴苛，不過是真心話。與其會變成阻礙，不如叫她高掛免戰牌，讓她放假會比較好。

結果芙特還是一如往常，以開朗的表情這麼說：

「要決定這種事的人，是伊萊莎哦！」

在大雨當中，音樂節的最後一天開始了。

本來的話這應該是人最多的日子，然而大雨不但一直下，而且還讓這幾天的炎熱變得有點扯的涼快——或者應該說是寒冷。

這樣一來，旅客也是會裹足不前啦。跟我在照片上看到的去年景象相比，旅客明顯變少，觀眾席上還有空位。

但也不是說因為這樣氣氛就熱烈不起來，熱情洋溢的演奏依然進行，穿著雨衣或是淋成落湯雞就是爽的旅客們也相當有熱情。

芙特也跟昨天一樣活蹦亂跳的——呃其實這是誇張的形容啦，不過她是在舞臺下方往來穿梭，有時候會鑽到腳下都是泥的觀眾席當中進行拍照。

伊萊莎則在觀眾席跟工作人員席之間撐了把大雨傘，在雨傘下面看顧照相機收納箱。

這一天，我也停到了她的身邊。

我臨時耍了點小心機，說是因為想近一點看演奏。其實是為了要在她拋下工作不管逃走的時候，我也可以來看顧照相機。當然這種事我不會對芙特說。

伊萊莎雖然想讓我進到雨傘底下，不過照相機收納箱還比較重要。摩托車就算濕了其實也沒關係。

「我回來了！我馬上就要走嘍！」

芙特拍完三十六張照片就跑過來，在伊萊莎的雨傘下，一面注意不讓照相機內部進水，一面迅速更換底片。

接下來她又一面淋著雨一面前往舞臺。因為照相機就一台，而且也不用把底片帶在身邊，她四處行動的姿態比昨天輕盈了不少。

伊萊莎看著芙特那嬌小卻充滿躍動感的背影，聽著舞臺上活力四射的搖滾樂手嘶吼吶喊的歌聲

「真棒啊……」

壯碩的她駝著背，喃喃自語。

「哪裡棒？」

我一詢問。

「芙特她正在『綻放光輝』……」

伊萊莎就悄聲如此說，還略帶哭腔。

「芙特她明明比我還年輕，卻有照相這種專長……還以此為業……得到大家的認同……」

「算是吧。不過妳也是有專長的吧？我聽妳表哥說，妳玩摔角也很強喔？」

雖然我是要誇獎她的優點，不過在歌曲結束之後，一段只聽得到雨聲的時間就這麼過去了。

終於，伊萊莎回答了：

「那只是因為……我從以前就是這種體格，所以人家硬要我去做而已……其實可以的話，我根

「明年的計畫」
—Lucky Girls—

本就不想摔……而且我有其他想做的事……我害怕去面對來瞪我的對手……一直以來都很想不幹了。當我從學校畢業可以退社的時候，我真的鬆了一口氣……」

「是喔。」

不過這樣子也能拿冠軍還真是了不起呢。我保持沉默。

「可是，我的人生真的不是很順……即使我開始工作，不管我再怎麼努力，都一直出錯被開除……」

嗯，這也難怪。

「我拚命努力的幫忙老家，結果被父母親說：『因為牛會死所以希望妳就別出手了』。」

被說成這樣好像還滿超過的。不過，我是能夠理解。

「芙特她真棒啊……真棒啊……」

因為伊萊莎是以過於羨慕的語氣說出這番話。

「如果只看現在的話，或許看起來是這樣啦。」

我忍不住說溜了嘴。不過我也不知道摩托車的嘴長在哪裡就是了。

「只看現在……？」

當然，伊萊莎露出了無法理解的表情。

「……這個嘛，就是那個啦。那傢伙在過去也曾經遭遇過各式各樣的事情啦，不過這我就不能說了。」

這才不是可以說的事。

她從一出生就一直受人使喚，又被發自內心相信的人當作支付費用賣掉以買進寶石，當奴隸的時候飽受他人的虐待，還差點為了某個蠢屁孩的考驗儀式慘遭殺害，這些事怎麼可以說。

所以，我只把可以說的事說出來：

「芙特也曾經遭遇過各式各樣的事情，也有過悲傷的回憶跟難受的經驗。不過，因為她盡可能的將自己能做的事情做到徹底，就結果來說得到超級的幸運，擁有現在的生活，才有妳所見到的那綻放光輝的芙特。」

「是這樣嗎……？那麼……只要有幸運的話，我也可以改變嗎？那份幸運……什麼時候會來呢……？」

呃，可是我想說的不是這個。我想表達的是不要一直怨嘆，為了掌握有朝一日突然降臨的幸

運，妳要去一點一滴的把行動累積起來啦。

看著向我投來求助視線的壯碩女人，我不負責任的直接說了：

「誰知道呢，我畢竟不是本周的幸運道具不可能會知道啊。說穿了，我當時完全察覺不到芙特的幸運是什麼時候到來的，那到了讓我驚奇不斷的程度。就算是妳，也沒辦法啦。」

「是嗎……」

伊萊莎低著頭說。

感覺雨勢又要更大了。

中午過後，即使雨從淅瀝淅瀝到嘩啦嘩啦下個不停，音樂節依然繼續下去。

即使如此，狀況還是非常糟糕。

因為過大的雨在頂棚形成水滴落下，而且不時會有風突然吹進舞臺裡來的關係，以大小提琴等木製樂器為主的樂團，原本照既定時程表是要演奏四曲才對，但只奏了一曲就中止演出。他們似乎很遺憾地的流著眼淚，退到舞臺邊緣。

那些人對這一天應該也是期待已久，一定也練習了很多次吧。

因為演出順序是抽籤決定的，所以本來的話能在旅客很多的最後一天演出應該是很幸運才對，結果運氣這麼差的事情就發生了。

可能是終於忍不下去了吧，離去的旅客也增加了。

畢竟觀眾席的腳下位置已經是濕淋淋又黏糊糊的，也有些地方出現了因為來不及滲入土壤而積成的大水窪，已經成了連要好好坐著都沒辦法的狀態。

即使這樣還留下來的人們，應該是像鎮公所的大哥那樣的自然嗨，或者是不論如何都想看到那位據說會在傍晚壓軸登場的知名女性歌手，也可能是兩者都有吧。

那位鄉村音樂歌手在十二年前還只是個喜歡唱歌的單純家庭主婦，就是在這裡歌唱以後，就紅到本國人民無人不知無人不曉的程度。

我們也在收音機當中聽過她的歌好幾次，芙特一直很期待能拍攝她。她應該不至於因為下雨就不登台了吧？

在舞臺上的下一群演出者，將馬口鐵製的垃圾桶並排在一起敲打，開始打擊樂團的演奏。

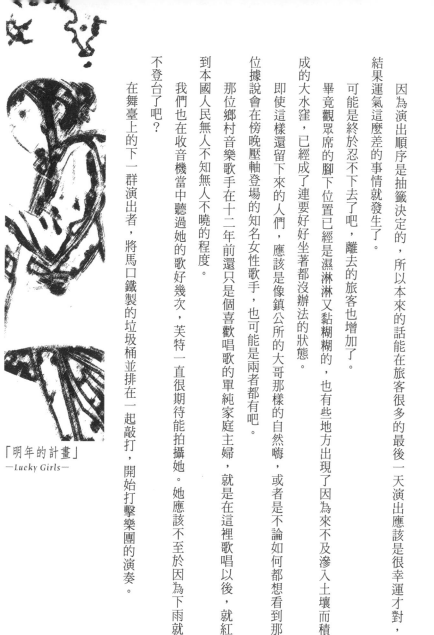

如果用那些東西的話，就算下雨似乎也沒問題。他們發出來的聲音有節奏明快的韻律，讓原本因為淋雨而嗨起來的觀眾們更加狂熱。

正當我飄飄然的沉浸在那韻律中的時候。

「芙特她……會不會有點晚啊？」

伊萊莎突然說話了。

「嗯？這麼說來，好像是這樣呢。」

為了更換底片，最慢兩首歌曲過後也會回來的芙特，這段時間一直都沒有回來。

我雖然留心看著舞臺周圍，可是這邊的前方被最前排的狂熱觀眾們擋住，怎麼樣就是找不著她。

「我很擔心！我要去找她！」

就在伊萊莎想要將雨傘隨手一拋。

「呃慢著慢著，這樣我會更擔心。」

我則如此說的時候，芙特拖著自己的腳回來了。

「啊哈哈……我摔倒了……」

芙特以非常不好意思的表情護著右腳行走，從腳沿著身體到手臂，整個右半邊都沾滿了泥土跟

草葉，連臉也被濺到了。

她手上拿的那台裝了罩子的照相機，似乎是沒有壞。應該是她犧牲了自己的身體也緊抱在懷裡守住了它吧。

「妳、妳、妳、妳沒事吧？」

伊萊莎一面將雨傘向前伸過去一面說。因為這麼一問，芙特這傢伙應該就會回答「我沒事」，所以我換了別的問法：

「喂芙特，妳痛的地方在哪裡？只有右腳嗎？」

「嗯～雖然撞到的右手肘也很痛，不過那邊已經完全沒問題。只是腳在扭到的時候痛得沒辦法動，疼了好一陣子。在我一段時間不動以後是可以走路了，可是即使到現在只要稍微往旁邊動一下就會揪心的痛。」

芙特一面回答一面在照相機收納箱上坐了下來。因為箱體很堅固，所以當椅子用也沒問題。

雖然話是這麼說，不過芙特講過她討厭將屁股坐在器材上，也幾乎不會去做這種事，由此可知她的腳傷程度有多嚴重。
芙特先把照相機拿下來放到另一個收納箱上，正將雨衣上頭的泥土拍掉時，我如此問道：
「很好。說到右腳，妳可以前後移動嗎，慢慢來就好。」
「這沒問題，可是只要往旁邊動一點點就會揪一下很痛。」
「我知道了，是扭傷吧。雖然看起來是沒有到韌帶斷裂的地步，不過妳就別再四處奔跑了。硬撐下去會惡化，在妳往後的人生會復發喔。」
「咦～！我還有攝影工作沒有完成啊！在這之後，還有地方媽媽合唱團、中年男性管弦樂團、地方民謠演唱，還有擔任最後歌手的那個人！」
因為芙特在鬧脾氣，我就很嚴肅的說了：
「妳的腳跟攝影，哪一個重要？」
「攝影！」
「腳啦。」
「只要不走路就不會惡化了吧！我只要回去舞臺前面，在那邊待著不動繼續拍就好了！」
「所以我說，妳這麼回去是不行的。妳可以走到那邊去都不摔倒嗎？更換底片要怎麼辦？」
雖然我對芙特的幹勁還滿認同的，可是這時候不能退讓。

用扭傷且疼痛的腳，在每踏一步都泥濘不堪的土地裡行走，根本就像是在說：「神啊請一定要讓我的腳惡化，就算我一輩子都沒辦法好好走路也沒關係」啊。

「…………」

芙特沉默下來了，她的內心一定在掙扎。雖然她如果坦率放棄的話就好，不過她不是那種人，這種事我是最清楚的。

該怎麼辦才好呢。

就在我煩惱的時候。

「那就這麼辦吧！」

伊萊莎突然叫出聲來。

「我來扛！」

「咦？」「咦？」

芙特跟我異口同聲。

這麼說來我甚至把這傢伙認定是完全靠不住的人了。不好意思啊，畢竟妳直到剛才為止一直都是那樣啊。

「我來背著芙特走！而且，我還可以用雙手拿著收納箱走！等我走到舞台前面，就請芙特坐在那邊繼續攝影！」

「可、可以嗎？」

「只有芙特一個人而已，很輕！必要的話，我可以扛起三個人給你們看！」

伊萊莎如此說完，便放開了手上的雨傘，雙手往坐著的芙特腋下一伸，輕輕將她舉起來。就像把小孩子「舉高高」那樣，而且她真的舉得很輕鬆。

「我明白了！那就拜託妳！——蘇，這樣的話就沒問題了吧？」

就算我阻止妳也會做吧？我不會阻止的啦。

「好啊，就交給助手了。只不過，妳要時常護著右腳啊。」

「我知道！謝謝！——伊萊莎，就拜託妳了！」

「在這之前，我要先包紮！」

伊萊莎輕柔的將芙特放下來擺在收納箱上，再把雨傘拿起來。

她從懷中取出毛巾來，以將雨傘持續夾在腋下的姿勢熟練的由上到下扯裂成兩半；然後把這個剛做出來像繃帶的東西，在芙特脫掉長靴及襪子的右腳上，一圈一圈的緊緊纏繞。

才一下子，限制腳踝往左右偏移的包紮作業就完成了，而且還端端正正的纏繞到讓芙特可以再穿上長靴。真不愧是她。

「好厲害！我舒服很多！伊萊莎！謝謝！」

「不、不用客氣！」

這個女的，也有派上用場的地方。

只要像這樣不斷把行動累積起來，伊萊莎的人生開展時刻一定也會到來。

我悠哉悠哉的如此想著。

伊萊莎背著芙特，雙手拿著照相機收納箱，往舞臺方向走去。她的力量還滿強大的。

正當我覺得這樣一來應該是可以安心的時候，不知道為什麼伊萊莎又馬上回到我所在的地方

來。

「那麼再來就是蘇了！」

「咦？」

她一下子就輕鬆把重量有四十公斤以上的我環抱在腋下開始搬運。這傢伙，真的很有力量呢。有讓我嚇到。

「喂，要幹嘛？」

「呃，我在想蘇會不會也想要近一點看。畢竟舞臺前面還有空間，蘇很小也不會擋到觀眾的視線。而且如果芙特想要勉強做些什麼的話，就請你好好罵她。」

什麼嘛這傢伙，不是很機靈嗎。

「是嗎，那就恭敬不如從命嘍。請帶我到特等席去。」

「是！」

我被輕鬆的搬著，來到了舞臺的正前方。

加句閒話好了。這幅大隻女搬運小巧摩托車的景象，在因為演出者進行更換而閒閒沒事做的觀眾們當中大受好評。喂喂，這不是餘興節目啊？

在舞臺跟觀眾席之間，有條寬約五公尺的通道。雖然眼前的舞臺有兩公尺高，不過嘛還算是可

以看得到吧。

在拉起來的圍繩正後方淋成落湯雞的年輕觀眾們，因為接下來的地方中年女性合唱團入場的關係，情緒再度熱烈起來。

我說你們，平常是會聽什麼合唱團喔？或者應該那麼說嗎，你們的媽媽是有登場喔？

在吹進舞臺上的雨滴將那些彷彿是用家裡頭的窗簾做成的（實際上應該不是吧）禮服打濕的情況下，合唱團唱出了高揚的歌聲。

「很讚哦！很讚哦～！」

芙特則小聲怪叫著，開始拍照。

「好漂亮！媽媽好棒！」

這傢伙的情緒也相當嗨啊。雖然我有些傻眼的看著她，不過即使只能待在那個地方還是可以繼續攝影，或許是會讓她很開心啦。

正當我這麼想的時候，拍了好一陣子的她可能覺得那個地方的取景角度已經沒辦法滿足自己了吧，這麼說：

「伊萊莎！背我！我要移動！」

啥？

「是！明白！」

妳也不要跟著起鬨啊。

大隻女把芙特一下子背在背上行走，在舞臺前方左右行動。

接下來芙特充分享受各種取景角度的拍攝工作，又回來更換底片。在伊萊莎刻意撐得低低且小小張開的雨傘底下，芙特把底片換好，又回去拍照。

真了不起。芙特的熱情雖然還是老樣子，但是回應這份情感的伊萊莎也很了不起。

我就隨妳們高興吧。

在雨中，音樂節繼續進行。

先是地方媽媽合唱團，再來是中年男性管弦樂團，然後是地方民謠演唱。

芙特讓伊萊莎背著，拍個不停。

每當她們來到觀眾面前，觀眾都會給予聲援。

下午也過了一半，好啦，最後的演出者要登場了。

擔任司儀、一身燕尾服淋得濕漉漉的男子，以開場白鼓動觀眾的情緒。

按照他的說法，十二年前的她還是個沒沒無聞的一介主婦什麼的，而在那之後的活躍大家也都已經知道之類的，這一回即使在全國巡迴演唱會的百忙當中，她依然爽快承諾要在這場音樂節中演出哇啦啦的，講了一堆有的沒的。

好久喔。可是，觀眾的情緒一點一點的被炒熱起來了。

在異樣的熱烈氣氛當中。

「終於要來了呢！」

芙特在伊萊莎的背上顯露狙擊獵物的眼神，拿著照相機擺出類似手持步槍的架勢。

「請說吧！我會努力行動的！」

伊萊莎也充分聚精會神。可能是因為動來動去很熱的關係，她已經脫掉了雨衣，就算襯衫淋得濕漉漉也在所不惜。

接下來樂團開始現場演出前奏，那位歌手也現身了。

牛仔褲搭配高筒靴，襯衫上垂下來的流蘇彷彿可以用來掃地，頭上則戴著白色的牛仔帽。這位打扮很像西部牛仔的四十多歲金色長髮女性。

「大家～！我回來了喔！」

在開口第一句之後，還加了一聲會讓人以為擴音器要壞掉的尖叫，才出聲歌唱。

雖然她這首歌詞是「坐著長途公車去見心愛的那個人吧這樣那樣」的代表曲，我也在收音機當中聽過，不過她的歌唱真的充滿熱情。現場的演唱還是比唱片好太多了。

當然，在這邊耐心等候的觀眾們情緒也非常熱烈。

他們忍受豪雨到這個時候，其中有些人連內衣褲都淋到濕漉漉的，都算值得了。仔細一看，人比剛才又增加了，應該是有人回來了吧。

如果要問芙特的情況是怎樣的話。

「右邊！」

「是！」

雖然不知道這麼講好不好，不過她正跟伊萊莎搭檔在舞臺前方急急忙忙的左右行動。她們四處

奔走，繼續攝影。腳上的傷勢什麼的，大概都完全忘了吧。

雖說出了各式各樣的狀況，但今年這場音樂節似乎會以大成功作結了。

我悠哉悠哉的如此想著，可是事情並不是那麼從人願。

第一首歌以大喝采劃下句點，緊接著開始第二首歌的前奏。

這首歌應該說是鄉村搖滾樂曲吧，在節奏十足又有氣勢的旋律開始奏出之後，這位歌手不顧自己也會淋濕，來到舞臺前方激烈一躍。

雖然我心想這舉動還是別做比較好，但在我傳達這件事之前，她就已經先跳了。

果然接下來，她在著地時腳滑了。整座舞臺上的木板，只有舞臺前方的那一區是濕淋淋的啊。

用那種平底皮靴去跳，這個是一定會滑的。

歌手一屁股跌坐在舞臺上。

如果只是這樣的話倒還算好，但她跌坐的地方太不好了。而且她在跳躍前也助跑過頭了。

她滑向舞臺前端，像冰上溜石一般的滑過來。啊，這會掉下去，頭會先撞到舞臺下面，事情會變得相當糟糕。

就在我想到這裡的這一瞬間，歌手已經飛出舞臺邊，在重力的牽引下墜落。墜落得非常迅速，觀眾連發出慘叫的時間都沒有。

然後——

「喔？」

她在空中被穩穩接住了。

接住她的人是誰，也就不用多說了。

是背上背著嬌小攝影師的大隻女。

可能因為芙特很希望拍照時對方就在眼前的關係吧，伊萊莎當時是正面朝向這位歌手的。

因此，她將身體向右扭轉九十度，以宛如抱公主一般的姿態在空中接住了衝著自己滑下來的女子。

背著芙特，還能夠承接一個墜落的成年女子，而且還可以穩穩站立。

「好厲害啊。」

我不禁將老實的感想脫口而出。至於口長在哪裡就別問了。

「哇喔！接得好！」

漂亮獲救的歌手透過麥克風喊話讓全場都聽得見。而在觀眾當中，則響起了彷彿要讓大地崩裂、甚至讓人以為會將大雨震退的喝采聲。

芙特從伊萊莎的背上跳了下來。那傢伙，明明我告訴過她別用腳了。不過算了，也沒辦法。

芙特一面護著右腳一面從伊萊莎身邊離開，持續「啪嚓啪擦」的拍攝那兩個人。

「就這麼直接上舞臺！」

我呢，則用只有伊萊莎聽得見的聲音這麼說。

雖然伊萊莎對我這突然傳到她耳邊且指向性強的聲音應該是吃了一驚。

「咦？——嗯，好！」

不過她還是以抱公主一般的姿態走向舞臺邊的階梯，沿著那裡重重踏步登上臺去。

在喝采聲中，她將歌手搬送到舞臺的正中央。

在她慢慢讓歌手的腳先落地之後，歌手透過麥克風叫喚著：

「不好意思讓大家擔心了！雖然很危險，不過有很厲害的小妹妹救我所以沒有事！」

在非常熱烈的氣氛中，伊萊莎將背駝起來正準備要回去——

「請等一下救命恩人！我想向妳道謝！至少告訴我妳的名字！」

結果歌手一個轉身繞了過來，把麥克風伸到大隻女的面前。

「咦？啊？嗚……？我、我叫、我叫伊萊莎。」

歌手把麥克風抽回去，這麼說：

「謝謝妳伊萊莎！妳最棒了！」

看著那明亮的笑容，伊萊莎那濕淋淋的臉也綻放出笑容來了。

伊萊莎對再度伸過來的麥克風說：

「是、是、是我的榮幸！我跟這個城鎮裡的幾乎所有人一樣，都是妳的大粉絲！能夠抱住妳，我很開心！我時常一個人唱妳的歌！能夠再度來到我的城鎮，真的很謝謝妳！特意創作並演唱『那個小鎮的夏天』給我們聽，真的很謝謝妳！」

對伊萊莎來說，她應該是竭力用真心把當下想說的這些話全都說出來了吧。

若是要她在說完這些話以後就從自覺不適合待的舞臺上面下來，她可能會心想如果有必要就從

兩公尺高的地方直接跳下來吧。

不過，歌手並不容許這種事發生。

「哇啊伊萊莎妳真棒！我也一直把這個城鎮認定是心靈的故鄉！『那個小鎮的夏天』當然就是指這個城鎮呀！我說，反正機會難得，就算只有開頭幾句也好，要不要一起唱呢？來個無伴奏合唱！感覺會很舒暢的哦！」

這搞不好是那位歌手因為先前嗨過頭而不小心把事情搞砸，為了挽回自己的失態而刻意耍帥的舉動也說不定。

不過，這是個機會。

「咦？不、這個——」

唱吧！

我沒說出來。

雖然說出來也可以，但我刻意沒說出來。

就唱啦！

所以我用想的。

我打從心底這麼想。至於摩托車的心長在哪裡——這個已經無所謂了吧。

聲援伊萊莎的不是我，是觀眾們。

「唱呀～！」

一個激動女子的尖銳歡呼聲成了導火線，帶動觀眾們不斷發出「唱！」的叫喚。看起來他們並沒有那種讓素人在這種地方受辱的不良意圖，單純是因為情緒嗨起來而提出這樣的要求。

唱吧！

我再度這麼想。

「我、我沒辦法啦……！我這個素人怎麼能在這種舞臺唱歌……」

對於伊萊莎的內心掙扎，歌手將麥克風遞近她手邊並答道：

「哎呀～妳在說什麼呢！這裡就是『這樣的舞臺』對吧？」

「嗚……是、是的……那、那麼，只唱一點點、只唱一點點可以嗎？只唱開頭幾句！」

伊萊莎在這番話中似乎將她的緊張心情傳達出來了。

「ＯＫ大家！伊萊莎要唱了哦！」

歌手露出微笑，將麥克風讓給了救命恩人。

接著，伊萊莎手持麥克風站在那裡，麥克風看起來變小很多。芙特拍下一張照片。

然後，她大大的吸了一口氣——

轟！

我覺得這個狀聲字最適合了。

伊萊莎在麥克風前面用力唱出來的那一小節，既有威力，也有破壞力。

那種體格的人如果認真唱歌的話，那音量是不同凡響。

而且不光只有音量而已，從聲調節奏到發音，一切都非常的美妙。那並不只是大叫出聲而已，是非常漂亮的歌聲。

伊萊莎很會唱歌這件事，我是知道的。

從昨天開始，我就一直在觀察沒怎麼幫到芙特的忙，只是在看守照相機收納箱的伊萊莎。

我觀察到她的嘴跟舞臺上的歌手一起動。

雖然伊萊莎一定以為誰也聽不見，可是如果小看摩托車的聽覺可就讓我困擾了。只要將意識集中起來，聽取那麼點聲音根本不用花什麼力氣。

然後。

『這傢伙，很會唱歌呢。』

我就一直這麼覺得了。

伊萊莎繼續歌唱。她只唱了那首歌曲的主歌，穩穩唱完了。

那位歌手的歌聲是高揚且清澈，然而伊萊莎的歌聲是沉著且渾厚，所以聽起來不像是模仿。乍聽之下相似，但她唱出了不同的美妙。

觀眾們在聆聽的時候一直目瞪口呆——

而當伊萊莎唱完歌並把麥克風拿下同時輕輕點頭鞠躬的時候，比她救到歌手時還要盛大的喝采聲沸騰了全場。

在舞臺上的歌手也一樣目瞪口呆。她雖然說過要一起唱，可是插不進來。

她沒有拍手。

取而代之的是，她回身向後，對自己的樂團團員們使了個眼色、揮動手臂。

很快所有人都知道那究竟是什麼樣的暗號。因為樂團開始演奏的曲調，跟接下來應該要演唱的歌並不一樣。

沒錯，是「那個小鎮的夏天」的前奏。

「咦？」

這回，輪到本來要把麥克風還回去的伊萊莎目瞪口呆了。

歌手把麥克風拿在手上，但她並沒有湊近自己嘴邊，而是將它保持在兩人之間的位置。

「從現在開始要正式來嘍！」

即興、壯烈、莊嚴，而且非常非常美妙的二重唱結束了。

在令人感到連雷聲也無法匹敵的喝采終於沉靜下來之後。

「好厲害！妳真的好厲害！伊萊莎！看到妳，就讓我回想起十二年前的我！為什麼妳今年沒有登場呢？」

歌手以激動且急促的聲調這麼說著。

「咦？咦？咦？」

剛唱完歌精神還處在迷離狀態的伊萊莎，將頭左搖右晃。我則對她直接說：

「因為妳有這份工作吧？」

「因、因、因為我有幕後的工作！是鎮公所委託我的！」

「這樣啊！真遺憾！可是很重要呢！所以我才得救了！那麼，明年呢？明年呢？」

我再一次。

「當然會登場吧！」

直接對她說了。

伊萊莎吸了口氣，用不輸給歌聲的大音量，向全世界宣言：

「當、當、當——當然會登場！」

「太棒了！伊萊莎，我不會忘記今天的事！加油！」

「好的！」

雖然分不清是淚還是雨，不過芙特清楚拍下了伊萊莎用濕淋淋的笑容叫喊的那一瞬間。

在日曆上早就已經結束的夏天，終於有了真正結束的感覺。

白楊大道的空氣，也逐漸變得像秋天了。

將窗戶敞開讓涼風吹進來的客廳裡，坐在椅子上的芙特把繃帶從右腳上解下來，將它捲成一卷，先暫時放在書架上。希望不會再用到它。

桌子上排列著照片。

雖然是在我看不到的角度，不過是什麼樣的照片我全都記得。

揮汗辛勤準備的鎮公所人員。

在前夕活動中以緊張的表情發表演說的鎮長。

第二天的演出者們。

隱約看得見雨滴的第三天。
還有，伊萊莎的笑容。
芙特露出笑容對我說：
「明年，也要去哦！」
「好啊。」
我回答。
然後，我問了件重要的事：
「助手要怎麼辦？」

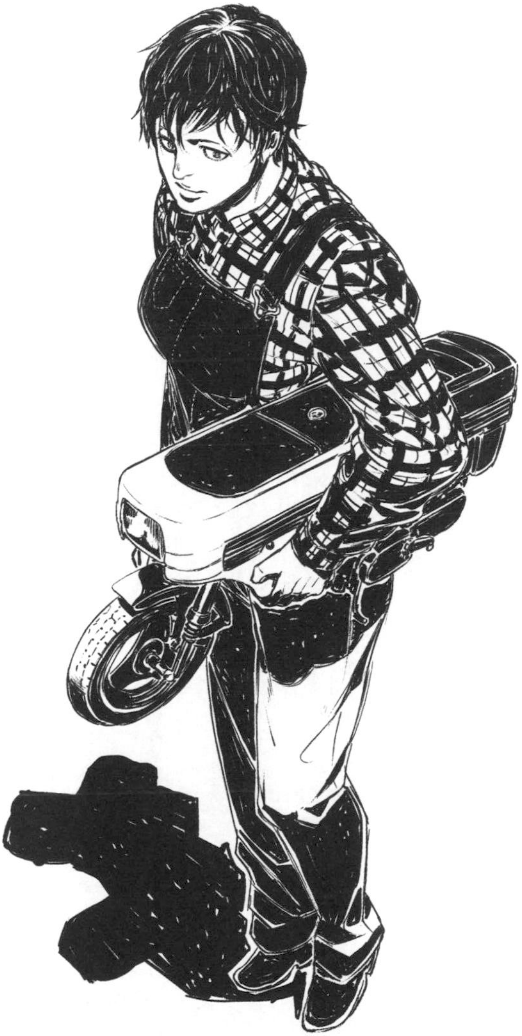

第七話
「飼料之國」
—the Cage—

第七話「飼料之國」

—the Cage—

一輛摩托車（註：兩輪的車子，尤其是指不在天空飛行的交通工具）正在平坦的岩石地上行駛。

整片褐色的岩石直接裸露在大地上，大致上平坦且堅實。而在冬日將盡卻仍是冰點以下的氣溫中，這片岩石地也是冷到不行。

這個地方沒有高山、也沒有低谷，只有平坦的地勢往三百六十度的方向延伸。

天空塗遍了淺藍色彩，除了位於北方較低位置的正午太陽以外，看不到任何東西。沒有雲、也沒有鳥、甚至連風都沒有吹。

摩托車的後輪左右邊設有箱子，上面放著包包。厚厚的睡袋捲成一團，緊緊綑在上面。包包上頭還加放了燃料罐跟水罐。

滿載旅行用品的摩托車於寂靜的世界中發出引擎聲，在騎起來很順的岩石上暢快行駛。

殘留在岩石上的少許砂礫被輪胎輾飛，接著捲進摩托車帶起來的風中，在車後形成褐色的薄煙。摩托車前進的方向是正南方。

摩托車騎士穿著厚厚的暗綠色防寒衣褲，腰間束上皮帶，在腹部的位置擺著一只掌中說服者（註：說服者是槍械。這裡是指手槍）的槍套，槍套裡頭收著一把大口徑的左輪手槍。

騎士頭上戴著附有毛皮邊緣的帽子，臉則隱藏在防風眼鏡及紗巾底下。

只見那條紗巾略略動著。

「啊啊……肚子好餓……」

騎士將話語吐露出來，語氣十分虛弱。

「靠妳早上吃過的攜帶糧食，營養暫時是夠的喔，奇諾。」

摩托車用在喧鬧的引擎聲以及風切聲中仍然可以聽得見的音量，從下方這麼說。

叫奇諾的騎士回話說：

「這點我是知道的，漢密斯。可是胃裡頭幾乎沒有東西的感覺真的很難受……」

奇諾瞇著眼，透過防風眼鏡上略帶顏色的鏡片向前望去。鏡片上微微映出了地平線的樣子。

叫漢密斯的摩托車說：

「飼料之國」
—the Cage—

「就忍到傍晚吧。妳不是說這回沒辦法悠閒地吃東西休息，也做好了心理準備嗎？」

奇諾簡短回應：

「是做了。」

「那就好。」

「可是，你這回跟以前說的不一樣。」

「以前？」

「記得嗎，你說過：『騎摩托車是一種運動，所以要先好好吃東西』之類的。」

「是喔？我有說過？」

「奇怪了……？那會是別的漢密斯所說的話嗎？」

「啊啊我想起來了！是好久以前的事了呢，奇諾的記性真好。」

「真拿你沒辦法。」

「再說，那時候是那時候，現在則是現在。」

漢密斯一本正經地解釋，奇諾沒有去聽。

「希望現在要去的國家，還有那道傳說中的肉料理……」

「其實比較重要的事情是，如果國家還在的話就好了，奇諾。」

「這就是問題所在了。」

這是幾天前的事。

「旅行者！如果沒有急著要去旅行的話，有個工作可以委託妳去辦嗎？報酬當然很高喔！」

在北方的國家中，奇諾與漢密斯被一名男子攀談。

這名滿臉鬍鬚的中年男子，自稱是在這個國家開店的商人。他用茶跟點心招待了奇諾跟漢密斯之後，說：

「我說要委託妳的工作，就是偵察。」

「是偵察……嗎？」

「是的。在這個國家的南方有一個國家，想請妳過去看一下那邊的狀況。那是個人口只有一千人，規模非常小的國家。最近這兩年沒有任何人從那個國家過來，可是原本一直以來每年都會有一

「飼料之國」
—the Cage—

輛小小的馬車過來一趟，做些簡單的以物易物活動，所以我們有點擔心。」

「原來如此，我明白情況了。」

「大叔你們不自己組隊去看嗎？」

「這個嘛，就坦白說好了，我們還不至於會特地派遣馬車隊到那個國家去啊。相對於花在各種方面的費用，像是包含警衛人員在內的人事費、馬匹的草飼料費、我們不在國內期間的歇業成本——成果卻很貧乏，也就是說效率會非常差。不過，旅行者妳有那個、很棒的機器馬。如果是摩摩車的話——」

「『摩托車』！」

「對，就是那個！」

商人對漢密斯做了一個無懈可擊的眨眼動作，之後繼續說：

「如果是摩托車的話，因為一路上都是堅固的大地，可以飆到爽！而且這個時期的話天候也很穩定，你們去的速度應該可以比我們快非常多才對。當然，費用也就可以壓低了事。」

「原來如此～」

「怎麼樣？就用你們那快腳迅速來回，去幫我們看那邊的狀況好嗎？在你們接受委託的情況下，執行費用是……差不多這樣吧。而在你們將有益情報帶回來的情況下，報酬是差不多這樣，不知道你們覺得怎麼樣？」

「好像不是什麼壞事嘛，奇諾？」

「原來如此……可以讓我想一下嗎？因為我預定明天出境，明天早上會給你回覆。」

「我知道了。聽說在那個國家，歷經長年所建造出來的石砌建築物十分美麗；它們跟這個國家像是小積木一般的建築物不一樣，像藝術品。」

「奇諾，我們走吧！」

「我馬上就知道你在想什麼了，漢密斯。」

「還有，雖然這是好幾年前某個順路拜訪過那裡的旅行者所說的話，不過那個國家有一道他從未見過的動物的肉料理，似乎是絕佳美味。聽說是將肉保持塊狀在低溫下精心調理，這麼一來每一個部位都非常軟嫩，而且肉的美味會在口中不斷漫延出來之類的。」

「…………」

「你要不要猜猜看，奇諾在想什麼啊？」

「飼料之國」
—the Cage—

夜晚。

即使在日落之後，覆蓋於地平線之上的西方天空仍有一絲微光，默默照亮靜寂的世界。

奇諾在一片平坦且冰冷的岩石上露營。

在以主腳架立妥的漢密斯旁邊，她設置了一頂小小的帳篷。

奇諾就在跟那帳篷又有一段距離的地方，隨處找了塊大石頭坐下去，並在自己身體旁邊點燃了攜帶用的暖爐。

雖說是暖爐，但它並非取暖用具，而是調理用具，外觀是黃銅製的圓柱形狀。它發出像是噴射引擎在噴射時會產生、相當嘈雜的「嗡嗡——」聲，同時燃燒著藍色火焰。

奇諾以戴著手套的手將裝了水的金屬杯子置放在那暖爐的上面。

「好～啦，今天的晚餐是？」

漢密斯發問，奇諾回答：

「攜帶糧食湯，加了牛肉乾。」

「好像很好吃！不過呢，我也只是說說而已！」

奇諾把三片長長的牛肉乾縱向撕開，然後將它們丟進在寒冷世界中開始冒出蒸氣的杯子裡。在煮過一段時間之後，她又把黏土棒一般的攜帶糧食切成一堆黏呼呼的碎塊再放進去。

在用金屬湯匙不斷轉圈圈攪拌的同時，奇諾也拿出自己在出發國家所購入的辛香料小袋子。她真的就是從那些分了幾個種類的小袋子中隨手挑選，什麼也沒多想就很輕易的丟進去了。

她又煮了一陣子，最後在杯中做出了一種——「四處漂散著牛肉碎片，顏色鮮豔的辛香料浮在上面，整體看起來是某種暗沉土黃色、黏滑黏滑的玩意兒，就外觀而言最像的東西是泥巴」——的東西。

「完成了。好了，趁還沒涼，也趁還沒被漢密斯拿走以前吃吧。」

「我才不會拿呢。」

奇諾關掉了暖爐的火，開始用湯匙把剛做好的那東西送入口中。

漢密斯在有一段距離的地方，對不時向食物呼氣、以不燙傷為前提的速度持續進食中的奇諾這麼詢問：

「飼料之國」
—the Cage—

「呃，好吃嗎？」
「嗯，我是這麼覺得的。」
「不是因為肚子餓的關係？」
「當然，我覺得這也是一個原因。」
「攜帶糧食如果直接吃的話應該不好吃吧？」
「不好吃啊。只稍微下點工夫就變得這麼好吃，會是我把調味料的比例弄很好的關係嗎？」
「妳丟的那麼隨便也行？」
「還是說，是因為我把牛肉乾熬出好味道來的關係？」
「妳丟的那麼隨便也行？」
「還是說，是這兩樣的加乘效果？換句話說這是成功作品了，我的料理手藝也變好了吧？」
「嗯，我想沒這回事。算了，本人如果說好就算好了吧。畢竟吃飯這種事，就是在自我感覺強烈良好的世界中進行的啊。」
「是也可以這麼說。」
在愈來愈暗的世界中用餐完畢的奇諾，趁著星星的數量還沒有在變暗的天空中增加以前，便鑽入帳篷。

「因為今天很努力地騎了，明天應該就可以抵達那個國家才對。我可是非常非常期待那道肉料理的。」

「如果可以吃得到的話就好了。」

「我不會放棄希望的——晚安，漢密斯。」

「晚安，奇諾。」

奇諾將自己裹進厚厚的睡袋裡，馬上就睡了。

隔天早晨。

從破曉時分起不停奔馳的奇諾，在太陽還沒有升到半空中的時候，就來到她的目標國家。

在來自東北方的朝陽照耀下，壯麗的城牆聳立著。

奇諾在跟城門有一段相當長距離的地方將漢密斯停下來，遠望那邊的景色。

將國家圍成一圈的城牆，看起來就像是在空無一物的褐色海洋上漂浮的小島一樣。它的外形氣派，向廣闊遠方延伸。從那平滑的圓弧線條看來，很明顯是個人口不多但面積滿大的國家。

而且，這面跟大地同樣顏色的城牆，從牆頭到牆腳都精雕細琢。

在城牆側面，刻上了以草木為造型的雕飾圖案；而在牆的最頂端，像梳齒一般排列的欄杆也全都刻成了雕像，它們有些像人類有些像動物，還有一些像天使有些則像惡魔。

「真是美麗啊！雕刻的手法也毫不馬虎！這一定是花了長年時間雕刻出來的！有來真是太好了！」

在漢密斯以歡樂的聲調說完之後。

「那就好。好了，就早點去吃肉當午餐吧。」

「奇諾妳真是的。不過，有點怪怪的呢。」

「的確……」

奇諾一面將防風眼鏡從自己面前摘下，一面表達同意。

雖然從他們來到城門前方停下來已經過了一段時間，不過稱得上是國家門戶的城門那裡卻沒有任何人的身影，就連精雕細琢的美麗門扉也還是緊緊關著。

「連衛兵的身影都沒有，這很不尋常啊……」

「今天是休假日嗎？」
「如果是這樣的話我就只要在這裡等一天就好，應該還算好……可是該不會……」
奇諾瞇著眼含糊地說。漢密斯則一如往常的用輕鬆的語氣說道：
「算啦，反正還有回程的燃料，就只是回去而已嘍。安全駕駛回去，把情報傳達出去，工作就結束了。只要可以看到外邊就行了。」
「漢密斯是只要這樣就好了啊。」
奇諾發動漢密斯的引擎，緩緩駛向城門。

城門毫無反應。
雖然依照商人的情報，只有在這個地方才有城門，可是不管怎麼靠近、而且還發出喧鬧的引擎聲，衛兵依然沒有出現。

「飼料之國」
—the Cage—

雖然在門的左右兩邊設有衛兵理應拿著武器站立的守衛小屋，不過沒有人在那裡。

在城門的旁邊，也跟其他國家一樣設置了人可以進去的房間，也就是供衛兵休息或是作為入境審查使用的辦公室。該建築跟城牆是一體的，在外觀上則是凸出於城牆之外。

因為那個房間的入口是開著的關係——

「很抱歉我進來了。」

奇諾就一面出聲叫喚一面走進裡頭去，不過在可見的範圍中沒有任何人，只有書桌跟椅子、衣櫃、以及看起來像炭爐的取暖用具就這麼擱在那裡。那些東西積滿了塵埃，很明顯有很長一段時間沒有任何人用過。

奇諾調查室內情況，沒有任何人在。即使弄出聲響，也毫無反應。

為了審慎起見，她也調查了宛如一面石板的巨大城門，但即使敲敲門也還是沒有任何回應。

「有點怪。」

奇諾回到漢密斯旁邊說。

「不對，是相當怪。」

漢密斯回答：

「完全沒有任何聲音喔，我沒有聽見任何聲音從國內傳出來。」

奇諾很清楚，漢密斯聆聽聲音的能力是優秀到人類完全無法相比的。

「果然還是發生了什麼事吧……」

她的表情蒙上些許陰霾。漢密斯則若無其事的說：

「那麼，為了進行調查我們就進去看看吧。」

「要怎麼做？」

「像這一類的重城門，一定會有可以讓人通行就像隧道一樣的通道喔。雖然大致上都會藏很好要發現也很困難，不過反正也沒人在，我們就不用客氣找下去吧。」

正如漢密斯所說，在辦公室的深處，有一道以石頭砌成像是解謎遊戲圖案的門。

奇諾在漢密斯的指示下對石頭又推又拉又讓它滑動，終於將門打開；隱藏在那裡頭的，是一個稍微有些生鏽的大型金屬轉盤。

奇諾以雙手轉動轉盤，結果房間深處的石門向旁邊移動開啟，一處像是柵欄一般的鐵門就在那

裡。

等到她將停住不動的轉盤用力推進去再反方向轉動之後，那道鐵門逐漸向上打開，其前方就是可以讓人步行的隧道了。

「這樣子過得去嗎？」

「過得去。」

奇諾在注意隧道寬度的同時，也跨坐在漢密斯上方，雙腳踢著地面。雖然很勉強，但用這方法是可以通過。

奇諾慢慢地在昏暗的隧道中前進。隧道另外一頭的鐵門是開啟的，由於外面光線耀眼，她看不太清楚那道門前方的情況。

「希望出去之後不會因為非法入境被槍擊。」

「沒問題的啦，奇諾。完全沒有人的氣息。」

「那樣的話也會有另外一種問題就是了。這個國家應該是出了什麼事……」

奇諾終於通過城牆內部，來到了城門另外一面的辦公室當中。

室內並列滿布塵埃的桌椅，同樣也是沒有人在。既沒有人在，也沒有任何屍體在。

奇諾先將漢密斯留在原地，自己藏身於門後，眺望國內的情況。

只見城門前方有一處廣場，一棟棟全以石材砌造且裝飾設計均屬華美的民宅，則環繞廣場靜靜佇立。

「真美麗啊。」

「好詐啊奇諾！讓我看嘛！」

雖然是宛如藝術作品一般的光景，而且後頭還有漢密斯在抗議，不過奇諾還是先不去管這些事物，慎重的觀察四周。

雖然她等待了一段時間察看情況，可是沒有出現任何會動的東西。

「這是為了要把『足夠高價賣出的有益情報』帶回去啊。」

「其實你該不會只是想自己去好好瞧一瞧建築物而已吧？」

奇諾跟漢密斯在國內進行調查。

他們緩緩行駛，在沒有任何人的國家中前進。

以城門廣場為起點，有一條筆直且平坦的石子路向前延伸。看不到裝有引擎的車輛，偶爾可以看見似乎有一段時間未曾使用過的馬車、或者應該說是牛車置放在路上。

遍布於道路左右兩側的農田，如今只是一整片裸露在外的乾燥土壤。

到處都有在岩石上開鑿出來的蓄水池，在那些水池裡還有水。位於國家中央的大水泉，如今依然透過細細的石製水道，將清澈的水精細的引導至水池中。

造型精美的住宅均以石頭砌造，遍布在各個地方。奇諾在調查過每一棟住宅的內部以後，都會對漢密斯重複同樣的回應。

他們在廣大的國家北方，以面積來說大概巡視了一半的區域，可是遲遲沒有發現任何人。

奇諾在滿是乾草的旱田中，將漢密斯停了下來。

太陽升到高處，氣溫也一口氣升高。

奇諾為了方便行動把防寒衣褲脫下來，改成了在寒冷地區以外、也就是在平常旅行時所穿的黑色夾克裝束，手套也改戴比較薄的款式。

她用粗皮帶束腰，右腿位置佩帶了左輪手槍的槍套。對於這把自己先拔出來端詳一番的說服者，奇諾稱之為「卡農」。
在她腰後還佩有另外一把槍身較細、從包包拿出來的自動式說服者。這把點二二口徑的說服者，奇諾稱之為「森之人」。
因為調查過流經水道的水，知道是可以喝的，奇諾就從包包裡將暖爐取出來。
結果漢密斯突然說話了：
「奇諾，如果把散落在四周的枯草點燃，會發生有趣的事喔。」
「什麼事？」
「首先，因為很快就會亂七八糟的燒起來，所以一瞬間就會延燒到周圍，這一帶就會被煙霧包圍。」
「『有趣』？『首先』？」
「然後因為那些草燒出來的煙對身體非常不好，所以會很完美的讓妳痛苦到死喔。」
「真可怕。不過，謝謝你告訴我，漢密斯。我會去路的正中央點火的。」

「飼料之國」
—the Cage—

「嗯，這樣就好。」

在警戒四周的同時稍做休息的奇諾，向漢密斯問道：

「總而言之我十分清楚這個國家發生異常狀況了。可是這個狀況到底是什麼，我完全搞不懂。漢密斯，你怎麼看？」

「『很簡單啊奇諾！』──雖然我很想這樣說，可是這回可難倒我了。」

漢密斯在這一段開場白之後──

「就從現有的情報開始思考看看吧。首先是沒有任何居民，不過嘛，這樣的國家也不是第一次見到了對吧？」

他以名偵探陳述推理般的語氣這麼說。

「你說的對。到目前為止，已經看過很多次了。」

奇諾以冷靜的表情同意。

「在國民全部死光的理由當中，最主要的就是飢餓跟瘟疫，或者是這兩樣的合體技。從這個國家的人口規模來看，就算過一個冬天就全滅也不奇怪。可是這樣的話，應該會在某個地方冒出一兩具屍體才對。竟然到了這邊還連一具屍體都沒有，真的很奇怪。」

「我也這麼想。」

「那麼『會是戰爭嗎？』就會成為另外一個理由，可是不論國內外都沒有任何荒廢的樣子。不管是被人攻擊也好，還是自相殘殺也罷，都完全沒有戰鬥的痕跡。」

「是啊，城鎮依然保持得這麼美麗，實在很難想像。」

「再追加一件事。從剛才開始奇諾就一直在說『屋子裡沒有留下遺書』，如果發生異常狀況，一定會有誰將某些事情做個記錄遺留下來。畢竟即使國家滅亡了，人也會討厭默默死掉吧。」

「我懂。不管是不甘心、還是『覺悟』……即使是我也會遺留些什麼吧。就算在家裡頭打磨得那麼漂亮的牆壁上隨手亂寫也好。」

「這個嘛，在這種情況下，如果要講結論——」

「結論？」

「就是我不知道。」

名偵探放棄推理，奇諾則將茶喝完。

「飼料之國」
—the Cage—

「記得師父常說，對不知道的事情說不知道，是必須要有勇氣的。」

「還好啦。我說奇諾，我現在看起來有『一臉得意』嗎？」

「漢密斯的臉在哪裡？——也就是說到頭來，我們只能全國繞一圈看個遍了。」

「贊成～真正的犯人很快就會出人意表的現身，把一切都說給我們聽了。」

「是的話就好了。」

奇諾與漢密斯朝著剩餘還沒去的區域行駛。

堅固緊實的石子路，讓他們可以騎出像是在高速公路上的速度。奇諾在完全沒有障礙物的道路上以宛如飛翔的姿態在住宅之間疾行穿越，進入國家南方。

「這邊比較繁榮呢。」

「真的，是市區了。」

北方幾乎都是農地與小型住宅，不過在南方就多數是大型建築物。

雖然說是大型，但用大廈的標準來說也就是三層樓的建築物，然而從單以石材所建造的古老建築觀點而言，可說是既壯觀又莊嚴。

聳立在這當中的，有位於高處的屋頂是由粗壯的柱子並列支撐的建築；還有雖然完全不知道是用來做什麼的，但就是一階一階永無止境向上延續的階梯。

奇諾一面聽著漢密斯口口聲聲「那個好厲害這個真完美」的讚賞，一面緩慢且慎重的在市區中的道路上行駛。

雖然引擎聲也在建築物當中迴響，但是沒有人出來抱怨說很吵。

「我有個小疑問，以千人等級的人口規模來看，這個國家不會太壯觀了嗎？」

「嗯，大概是遺跡吧。這些東西可能是很久很久以前人口更多的時候建造的，在遭到棄置之後現在的國民就過來定居並加以利用，技術也應該沒有傳承下來吧。」

「原來如此。」

正當奇諾與漢密斯在沒有任何人的市區中行駛時——

接著，他們在國家南方，發現了一座巨蛋。

在市區的中心，四周都是大型廣場用地的地方，一團隆起的巨大物體高高矗立著。那看起來既

「飼料之國」
—the Cage—

像墳墓，又像運動設施。

它垂直向上伸展的側面，當然是由石材砌成。

「連巨蛋的天花板都是石頭做的耶！」

而漢密斯則激動的說明那到底是多麼麻煩又是多麼困難的技術，不過奇諾當下並沒有去搭理那番話。

「很好，就過去看吧。」

她將漢密斯的車體傾斜，彎向通往那座巨蛋的路上。

「看樣子奇諾也懂藝術了呢。」

「不是的。既然是廣大的巨蛋，就會在緊要的時候成為避難場所；大家會在這個國家出什麼事的時候聚集起來，或許這裡會有蛛絲馬跡也說不定。」

「什麼嘛。」

隨著他們駛近，巨蛋的外觀也愈來愈清晰。

巨蛋底部由堅固的石材砌成，其垂直於地面的部分則砌造到與成年人身高等高，然後再向上組建成巨蛋的形狀。

底部表面以相同間距開了許多人頭大小的洞，可能是為了採光或者是用來當通氣孔，也可能是兩種理由都有。另一方面在巨蛋的部分則是連洞口或窗戶都沒有。雖然這建築應該是以石材組合打造，可是就連接縫都無法辨認出來。

漢密斯說話了：

「不過，我很期待靠近一點能看到什麼東西。如果有什麼跟沒有人在有關的提示冒出來就好了。」

人的骨頭冒出來了。

看起來應該是巨蛋正面入口的最大門扉，朝左右兩側敞開著。這扇門也是以石材打造，正呈現出向外開啟的狀態。

從入口通往一條略有斜度的下坡道。奇諾與漢密斯就這樣騎進去，然後差點用前輪把骨頭給碾碎了。

在來自底部的小洞跟入口的光線照射下顯得昏暗的巨蛋中，有一片廣大且平坦的石地板。而在

「飼料之國」
—the Cage—

那地板上隨意散落的，則是各式各樣的白骨。
在昏沉的陰暗中，骨頭簡直就像是散落且鑲嵌於四處的寶石一般發著光。
一看到沒有破裂的頭蓋骨，他們馬上就明白那是人類的骨頭。
「原來如此……」
「一個謎題解開了呢。」
奇諾在巨蛋入口，用好幾秒的時間默默看著骨頭。然後，她讓漢密斯的引擎保持在發動狀態並詢問道：
「行駛在這當中的話，引擎廢氣不會充滿這裡吧？」
「嗯，沒問題，因為現在正面入口是開著的。如果關起來的話，就有點不妙了。」
「很好。」
奇諾將漢密斯那幾乎不曾點亮過的車頭燈打開，一道直直的燈光迅速打亮了巨蛋地板。
「走嘍。」
「好啊。」
奇諾進入巨蛋內部，騎著漢密斯行駛在石地板上。她緩緩行駛、盡力避免打滑、同時也盡量不去壓到骨頭。

在往內部稍微前進一段路時，漢密斯喧鬧的排氣聲開始在巨蛋中產生回音。

對奇諾來說，這回音簡直就像是從所有的方位發出並將她包圍在其中一樣，音量聽起來彷彿增大了好幾倍。

這巨大的音量，讓奇諾皺起了眉頭。

「唔……？是嗎，是回音啊……」

她低聲說出來的話語雖然在巨大的音量中很難分辨，不過漢密斯聽得很清楚：

「沒錯，就是打造成這樣的結構喔。在這裡頭如果要運用聲音來做什麼，比方說像演講，或者是辦演唱會的時候都非常方便。雖然說只要在每個地方都裝上硬硬的石頭就辦得到，還是很厲害的技術呢。」

而且奇諾的耳朵對漢密斯這番話也聽得很明瞭：

「原來如此。」

「我就說有來真是太好了吧？可以看得到稀奇的東西對吧？」

「現在比這個更重要的是……」

在緩緩行駛的漢密斯將燈光照進深處之後，他們清楚明白了一件事。

在石材所覆蓋的拱形空間當中，在一片平坦的石地板之上，只有骨頭四處散落。雖然無法判斷正確的人數，可是光從頭蓋骨的數量來看，並不少於一兩百人。

而且，這裡完全沒有他們應該會穿著的衣服，也完全沒有他們說不定曾經使用過的工具。就只有骨頭而已。

「這裡到底……發生了什麼事？」

沒有人來回應奇諾的聲音。

「嗯，奇諾，妳先停一下，把那根大腿骨撿起來看看。」

「咦？我知道了……」

奇諾將漢密斯停下來，沒把引擎熄火，就立起側腳架並下車。

她前進了三步，將置放在左前方，應該是男人的粗長大腿骨撿了起來。

那骨頭鮮豔亮白，完全沒有遺留一絲肌肉或腿筋，看起來甚至就像是塑膠製的玩具一樣。

「妳明白了嗎？有傷痕對吧？」

在把骨頭拿到漢密斯的車燈前面之後，就連奇諾的眼睛也看到了。

「的確……」
那根白色的粗大骨頭上到處都有抓出來的傷痕。
「這是動物的爪子，或者是牙齒吧。」
「應該是吧。」
「所有人都死在這裡，然後被野生動物吃完就亂丟……？」
奇諾小心翼翼的把那根曾經支撐過某人體重的骨頭置放回地板後，跨坐在漢密斯上面。
她以隨時可以行駛的架勢，把側腳架踢上來，並保持入檔且握住離合器拉桿的姿態，繼續對話：
「即使是這樣子……還是很奇怪。」
「嗯，很多地方都很奇怪。這回的推理就讓奇諾來了，請說。」
「謝謝。首先，這個地方會有這樣的肉食性動物存在嗎？在來到這裡以前，所見之處完全不是動物可以居住的環境。」

「飼料之國」
—the Cage—

「同意。不過嘛，畢竟是有人類存在的場所，會不會是他們飼養的動物呢？」
「或許吧。而且，沒有看到犧牲者的衣服或工具。如果他們是死在這裡被吃掉的話，應該會遺留某種程度的數量才對……何況動物應該沒有將人身上的一切東西乾淨俐落的剝下來再帶著走的能力。」
「嗯，還有別的想法嗎？」
「為什麼只有在這座巨蛋當中才有乾乾淨淨的人骨冒出來，這也是一個謎。在這個國家的戶外，連一根骨頭也沒有。是什麼樣的死法讓所有的人口都死在這裡，我也不明白。」
「嗯嗯，也就是說？」
「不用說，就是『某人』做了些『什麼』。」
「也是啦。那麼，我們就去問應該知道這件事的人吧。」
「什麼？」
「現在就在入口的旁邊喔。是一個女生。」
奇諾轉頭向後。在明亮的入口右側，有道人影迅速轉身。
「原來是靠腳步聲知道的嗎，真不愧是漢密斯。可是，為什麼不早點告訴我呢？」

「因為反正她如果知道自己被我們察覺到的話一定會逃走，既然這樣就趁她距離這裡最近的時候再說出來不是剛剛好？而且我也沒聽見她有攜帶武器的聲響。好了，就去追吧～」

「真是的。」

奇諾讓漢密斯急轉彎並一口氣加速，巨蛋裡頭變得更加的喧鬧。

「她正在逃呢，我們衝出去追吧。」

「知道了。」

在疾速行駛的時候，奇諾撞散了好多骨頭。筆直穿越那些骨頭的她從巨蛋衝出來，並將視線往右方，也就是人影逃走的方向移去。

確實是一個女子，正背向他們逃跑。只見對方的腳程慢下來，然後就摔倒了。

女子回過頭來，臉上浮現著恐懼。

那個女子應該有四十多歲，面容削瘦皺紋明顯，長長的黑髮在後方紮成一束，身上披著一件奇諾他們從未見過，由好幾層厚實的毛氈質地布料壓製而成的服裝。

奇諾將漢密斯轉向並緊急加速逼近那名女子，然後緊急剎車停了下來。

將漢密斯的引擎熄火的她，在回復寂靜的世界中叫喊出來的第一聲是這樣的話：

「沒事吧？妳是倖存者嗎？我是來救妳的！」

「咦……？咦……？」

「我們是旅行者！因為有人說這個國家的情況不對勁，要我們把倖存者找出來並跟他報告，我們就從比這裡還北邊的國家過來了！」

奇諾以急促的語氣，對那名目瞪口呆、跌坐在地上的女子一口氣說出了半真半假的話。

「是、是這樣、的嗎……旅行者……」

從一開始的混亂回復到正常狀態的女子如此說。她雖然餘悸猶存，不過已經不再恐懼。

「我是奇諾，這是我的伙伴漢密斯。」

「妳好喔～」

「妳沒有受傷吧？」

女子口中雖然沒有任何回應，但她略略點了幾次頭，表達「沒有事」的意思。

「對於擅自進入這個國家的事情，我要道歉。妳是我目前唯一發現的人，我剛剛看到巨蛋當中的人骨了。」

「是嗎……」

女子慢慢站起身來。雖然她摔了一大跤，不過在厚重服裝的緩衝下似乎沒有受傷。她穩穩的站住，向前走了幾步之後，又回頭望向奇諾。

那定格不動的表情似乎很悲傷，看起來也很疲累，而且有種對任何事都不感興趣的模樣。

「我們可以邊走邊說嗎？這裡並不是完全安全的，雖然感覺上旅行者妳好像拿著非常強大的武器……」

「我明白了。」

奇諾在點頭的同時，也從原本一直跨坐著的漢密斯上頭下來。她站在漢密斯左側，推著龍頭開始步行。

在市區中平坦的大道上，女子就走在其中央，奇諾跟漢密斯則在女子左邊並行前進。

「好了，到底發生了什麼事呢？」

「飼料之國」
—the Cage—

對於漢密斯的問題——

「發生了可怕的事。非常、非常可怕的事。」

女子立刻就回答了。

在寂靜的市區中，只見前方快步行走的女子如此講述著：

「十二年前，有個旅行者從很遠很遠的國家來到了長年過著悠閒生活的這個國家，那是一切的開始。」

那聲調簡直就像在講故事一般，在某些片段又像是在談論別人的事情一般的不帶感情。

奇諾跟被她推著走的漢密斯，在左邊聆聽女子的聲音。

「旅行者帶了某種野獸的孩子過來。其實沒人知道那是什麼野獸，簡單的說，是一隻大貓。牠有條紋跟斑點的花紋，身體是黃色的，雖說還是隻幼獸，但已比任何的貓都還要大了。」

「然後呢然後呢？」

漢密斯以輕快的口氣附和回應，奇諾則默默地聽。

「旅行者說自己沒有辦法再帶這隻飼料的費用跟花費的心力都愈來愈多的野獸上路，含淚決定要忍痛割愛。這個國家就說要以全體國民的力量試著飼養這隻從未見過的動物看看，並且以穀物將

「飼料之國」
—the Cage—

牠交換過來。」

「也就是說，你們把牠當所謂的吉祥物對吧！」

奇諾朝漢密斯瞥了一眼。因為他沒說錯，所以她什麼都沒說。

「是的，吉祥物。在娛樂非常稀少的這個國家中，這隻奇獸受到全體國民的寵愛。他們在提出意見並進行商議後，以古老的語言為牠取了一個名字叫『杜納米斯』。國家任命了一個愛好動物的人當專屬飼育員，寸步不離的照顧牠。杜納米斯跟這個國家完全不吃肉的人們不一樣，是隻只吃肉的動物。雖然國家曾經把貴重的農耕用牛馬殺了再餵那些肉給牠吃，可是因為當時農業情況是豐收的，所以誰也沒有抱怨。」

「嗯嗯。」

「杜納米斯很快就長大了，成長到簡直就像頭小馬一樣。國家在中央廣場設置了非常大的籠子，許多人接連好幾天都過來看牠，他們會把事先準備好用來當飼料的肉塊丟進去餵食，並且開心的看著牠威猛的樣子，還有在那威猛中透露的可愛模樣。杜納米斯會對人露出利牙，不過牠只對飼育員非常溫馴，就連飼育員的命令牠也會聽。」

「那真厲害。」

「就這樣幾年下來，一切、一切都非常的順利……啊啊……」

女子第一次在話語中表露出情緒，她發出了大大的嘆息後，繼續說：

「這一切……竟然會變成那個樣子……」

「什麼樣子？」

「…………」

女子保持沉默，繼續走了三十秒左右。

就在奇諾以為她已經不再對自己說話的時候。

「疾病……很可怕的疾病……流行起來了啊……」

女子又像是要傾吐一切般的說了。

「然後大家就死掉了嗎？」

「不是……然後大家就飢餓了。」

「啊啊，原來是穀物那邊的疾病嗎！」

「是的……那是種即使穀物生長，最後還是完全結不出穀粒來的惡魔疾病。跟人類的什麼疾病比起來還要可怕的太多太多。人跟家畜吃的寶貴穀物一旦減少，誰也沒辦法活下去。即使如此，第一個年頭靠著存糧還可以度過；可是，第二年又流行同樣的疾病，穀物就幾乎都沒有收穫了。」

「然後呢？」

很久沒說話的奇諾開口了。

「國民知道靠剩下來的存糧要度過第二年的冬天、也就是這個冬天可說很困難……即使如此他們還是沒有放棄。他們做好了心理準備要去吃原本忌諱去吃的肉，而且在老年人當中，也有人選擇讓自己死並將未來託付給年輕人。他們甚至把比方說囚犯、又比方說身體虛弱的人之類，這當中會有幾個人死亡的事情也計算進去，訂立了把食物的消耗節約到最極限的殘酷計畫。其中……」

漢密斯接在女子的話語後面說：

「也有殺掉杜納米斯的計畫吧？」

「是的……如果連人都沒有食物了，就更不可能有給家畜的份。不吃肉就活不下去的杜納米斯，很快就會餓死。想到牠要餓著過活會很難受，而且萬一牠襲擊人類之類的事情也不允許發生，

於是他們只好決定在這事情發生前讓牠安樂死。」

因為女子講到這裡就不再說下去，有幾秒鐘的時間寂靜到只聽得見腳步聲。

奇諾思索之後，說：

「那個飼育員一定反對過了吧。」

女子將視線轉向奇諾，以跟到剛才為止一樣的平靜表情點了點頭：

「是啊……飼育員當然強烈反對，說什麼把全體國民最喜歡的杜納米斯殺掉會影響到『超越困難所需要的士氣』；還說什麼反正我們也不可能把死掉的牛馬當中，像是內臟或骨髓或腿筋還有皮之類的全部吃光，就算只把我們丟掉的部分持續餵給牠吃也好，應該要給牠活下來的機會——總而言之，就是死命的說服大家。」

「也不能說沒道理啦～不過嘛，應該沒有推翻掉決定吧。」

「是的……所以飼育員就說自己找到了『解決杜納米斯飼料問題的終極且嶄新之方案』並提出來討論，但那方案也——沒有被接受。」

「是什麼樣的方案呢？」

對於奇諾的問題。

「很簡單嘍。」

回答的人是漢密斯。

「一定是說把在這之後死掉的人都餵給牠吃就好了。」

「唔……」

「是的……就是這樣……反正既然在這之後預計會有幾個人、不對是幾十人、搞不好會有幾百人死掉，飼育員說這應該是個可以對這些死掉的肉做有效運用的提案。」

「當然，也就沒有通過吧……」

「是啊。」

在出了太陽卻依然寒冷的空氣中，持續於大道上行走的女子在一處丁字路口右轉，奇諾則跟著她繼續走。

這裡的路面變窄，兩邊則出現了不斷延伸的牆壁，路寬差不多在一輛車左右。

在左右兩邊的石牆，高度有成年人身高的三倍，頂端以相同間距設置有美麗雕飾，一直筆直延伸向前方。這是條向左向右都沒有地方可以走的道路，在其前方也什麼都看不見。

「飼料之國」
—the Cage—

兩個人走在這條路上，一輛摩托車則被推著走。

奇諾回想著剛才所見到的光景以及自己跟漢密斯的對話，並向女子詢問：

「所以，那個飼育員把所有國民都殺了，再餵給杜納米斯吃，是這樣子的嗎……？」

女子一直低著頭，表情僵硬的回答：

「是的……是的……」

「太好啦！謎底全都解開啦！奇諾！」

雖然漢密斯開心笑鬧著，不過奇諾沒理他，反而像是對自己的話無法置信般的微微搖頭：

「可是，是怎麼做到的呢？到底要怎麼做，才有辦法殺掉一千個人？如果是幾個人或者幾十人的話……也許可以用出人意表的方式，或者對杜納米斯下指示讓牠去襲擊的辦法去做到也說不定。不過，一旦到了那種等級的人數，不管怎麼說我都不覺得有可能辦得到。」

女子一面走著，一面用力收緊下巴，說：

「是啊，妳說的沒錯。能讓那種事變為可能的，就是那座巨蛋了。」

「巨蛋？」「巨蛋？」

奇諾與漢密斯異口同聲地發問。女子語氣平淡的繼續說著：

「那座巨蛋，是這個國家最重要的設施。雖然它總是用來舉辦長達八日的集合禮拜活動，不過有時候也會用來舉行收穫慶典，用來投票選舉領導者，用來辦某人的結婚典禮。還有——」

「在緊要的時候成為避難場所。」

漢密斯打斷女子的發言，說出了先前奇諾同樣說過的話語。

「咦？」

女子將頭像彈簧一般的向上抬起，再看著左下方、也就是漢密斯，說：

「是的……是的……你知道嘛？你的頭腦很敏銳呢，不過我不知道你的頭在哪裡就是了。」

「嗯，我知道。」

「我是不知道……漢密斯，交給你了。」

奇諾放棄推理，交給自己所推的名偵探去說。

「所謂的頭，會不會是指車頭燈啊？」

「呃，不是那件事。」

「那我就說嘍。那個頭腦很敏銳的飼育員做了些什麼。」

「飼料之國」
—the Cage—

漢密斯慢慢述說著：

「飼育員首先刻意讓杜納米斯從籠子裡頭逃走。雖然話這麼說，但牠也沒辦法逃出這國家；所以飢餓的野獸會在國內做什麼，這個問題就很簡單吧？」

「會襲擊人類……」

奇諾說出了答案。

「正確答案。不過嘛是也有可能襲擊牛跟馬啦。」

「然後呢……？」

在保持沉默似乎表達肯定的女子旁邊，奇諾跟漢密斯繼續對話。

「猛獸就發狂亂跑啦，整個國家也陷入恐慌。因為這個國家裡頭好像沒有說服者，要消滅牠也好像很困難；能夠安撫牠的人只有飼育員，可是那個飼育員本人也沒有阻止牠的意思，所以這下子就沒辦法了。」

「說的也是。」

「為了不要遭到襲擊被吃掉，大家就在夜晚到來以前去安全的地方避難，這個地方就是那座巨蛋裡面。畢竟只要把正面的大門關上再上鎖，動物是絕對沒辦法進來的，應該可以說是這個國家最安全的地方了。他們在思考一些像是一到早上就要派出討伐部隊之類的辦法同時，也想說就只要先撐過一個晚上就好。」

因為女子的表情一直很僵硬，而且也一直沒說話，奇諾推論到目前為止的推理都是正確的，並將內心的疑惑向漢密斯陳述：

「這樣的話就更不可能了。靠飼育員一個人就能夠把在巨蛋中避難的人們殺光，實在非常難以想像。」

「剛才奇諾妳問了什麼？」

「咦？」

「剛才奇諾妳進到巨蛋裡頭的時候，對我問了什麼？」

「啊啊！引擎廢氣！——原來是這樣！原來是這樣……在那座巨蛋的邊角，有很多小洞！然後，那些草……」

「是的這就是正確答案。那個飼育員先對杜納米斯下命令，要牠緊盯入口前面不准離開。就這樣，在誰也沒辦法出來的深夜裡，飼育員把點起火來的那些枯草，不斷從周圍的洞丟進去。」

「結果，危險的煙就充滿巨蛋內部……裡頭的人們很痛苦，可是因為一外出就會被吃掉，又害怕得不敢出去……」

「就是這麼回事。這樣一來就算有一千人，只靠一個人也殺得掉。因為那座巨蛋本身就成了處刑裝置啊，不對──應該說是『籠子』才對吧？」

「原來如此……」

「在這之後，飼育員就把遺體剝到全裸，再餵給杜納米斯吃。巨蛋被弄得跟巨大的飼料場一樣。畢竟是冬天裡頭又乾燥，遺體應該不會腐壞吧。以全體國民的份量，可以吃過一個冬天，牠就好好享用嘍。」

「所以，他有說對嗎？」

奇諾對保持沉默步行著的女子如此問道。

她低聲回答。

「都說對了。」

「那麼，為什麼只有妳一個人得救了呢？」

奇諾問了關鍵的問題。

「咦～？妳不知道嗎？」

突然聲調拔尖高聲叫嚷的並不是女子，是漢密斯：

「等一下奇諾！到目前為止妳都聽了些什麼啦！答案很簡單啊！」

「咦？」

「因為那個人就是飼育員啊！」

在漢密斯似乎很開心的叫喊同時。

「杜納米斯！」

女子以震耳欲聾的大音量如此吼叫。

越過牆壁來到奇諾他們前方的，是一頭巨大的野獸。

那野獸的體長跟馬相當，是整個身體都由貓科動物特有之靈活肌肉組成的生物。體色以黃為底，黑色的條紋與斑點鑲嵌在身體四處；鬍鬚很長，耳朵很短，牙齒也長。

女子向前跑去，逐漸接近那頭野獸——杜納米斯。

「襲擊！」

接著，她轉頭過來，準確指著奇諾下達命令。

杜納米斯先屈身伏地，再低空向前一躍，像是跟女子錯身而過一般，對奇諾進攻。

「！」

奇諾以左手將腰後的「森之人」拔出來，解除安全裝置，隨即射擊。

乾澀的槍聲在道路中迴盪，小小的子彈命中了野獸，腳中了一發，肩膀中了兩發。

杜納米斯每當被子彈擊中時都會小聲哀號，可是，牠並不是會因為這種事情膽怯的生物。

奇諾一個飛躍跨坐在漢密斯上方，面對繼續向自己衝過來的杜納米斯，同時從右腿上拔出大口徑且具有威力的「卡農」，將擊鎚扳起對著牠。

「側邊！」

在女子的指示下，杜納米斯沒再繼續接近奇諾。牠雖然還是向前衝刺卻像踩到彈簧跳起來一般的往側邊一彈，以奇諾的角度看過來則是向左邊一躍，輕巧越過牆壁消失在視野中。

雖然消失在視野中，但牠的動作傳得進奇諾的耳中，可以分辨出牠在牆的另一面一邊在把什麼東西踹掉一邊衝著奇諾過來。

「那麼，要逃走嘍。」
「就這麼辦！」
奇諾接受漢密斯的提議，將雙手的說服者收回槍套之後，發動了漢密斯的引擎。
她左手握住離合器拉桿，左腳踩下一檔。
右手則豪邁的扭動油門把手，同時將車體向左傾斜並把離合器拉桿放掉。漢密斯以奇諾的左腳為軸心，藉由後輪在石子路上一個甩尾，瞬間在狹窄的道路上改變方向，開始往當初來的方位緊急加速。
看著如此光景的女子，以動物襲擊獵物時會有的表情——
「嘖！」
大大咂了一下嘴，說：
「杜納米斯！跳！追！」
聽到命令的巨大獸體，再度越過牆壁，在狹窄的道路上開始追逐奇諾他們。

「是什麼情況！怎麼會那麼大！」

奇諾一面讓漢密斯加速，一面叫道。

「哎呀，真是嚇了一跳，有點超過我的預期呢，貓科動物不可能有那麼大啊。畢竟一個冬天就吃了一千人，營養一定也夠豐富的，看牠成長得又大又壯。」

「現在是佩服的時候嗎？點二二口徑沒有勝算……點四四口徑就算用六發也不太放心……」

「奇諾妳應該帶更有威力的步槍過來的，難得妳的槍法那麼好。」

「長的槍帶起來會綁手綁腳，而且步槍很貴。」

「如果是短的槍就比較好嗎？」

「如果還願意免費給我就更好了！」

奇諾讓漢密斯加速，飆出了在市區中不該有、如果有警察的話絕對會來抓的速度。左右兩面牆壁上的雕飾低聲作響，隨即向後飛逝。

「嗚嗚，好冷！不過，只要飆到這個速度——」

轉頭向後瞥了一眼的奇諾——

「妳太嫩了喔，奇諾。」

「唔！」

看到的是杜納米斯在狹窄道路上猛烈追來的身影。漢密斯以完全佩服的口氣說：

「好快啊。」

「你在輕鬆什麼啊！」

「話說回來，前面。」

在奇諾他們前進方向的盡頭，岔路正逼近而來。

因為就這麼一直線行駛會撞到建築物的關係，得要向左或向右轉到大路上才行。

「左邊！往巨蛋！」

漢密斯說。

「雖然不是很明白，不過知道了！」

奇諾將油門放鬆回原位，按下剎車，配合速度緊急降檔。

就在她緊急減速準備左轉的時候，巨大獸體也從空中張牙舞爪的襲擊過來——

「飼料之國」
—the Cage—

以大約一個人份寬度的距離，掠過了結束過彎開始加速的奇諾背後。

「好險！哎呀，明明是貓科，耐力還真強呢，奇諾。」

「你在輕鬆什麼啊！」

奇諾行駛在剛才她跟女子一面說話一面步行過的道路上，並照漢密斯所說向巨蛋駛去。

「這下子要逃脫就困難了。就算逃過一次，只要還在國內就有可能在某個時間某個地點被牠襲擊吧。」

「漢密斯，你要我去巨蛋，表示你有什麼作戰計畫吧！」

「這個嘛，算是那樣吧。」

「那傢伙在黑暗的地方會看不清楚嗎？」

「不會喔，這種動物在夜間眼睛好得很。」

「那麼——」

「算了妳就別多問，如果順利的話，可以打倒牠喔。」

「如果我不去的話呢？」

「就只是增加骨頭而已。」

「實在很不願意去想呢……」

可以看得見巨蛋的蛋頂，也可以看得見入口了。

奇諾轉頭向後一看，杜納米斯依然追了過來。雖說是拉開了很長一段距離，但牠完全沒有放棄的樣子。

「很好奇諾，進到裡面去。」

「我相信你，漢密斯！」

「嗯ＯＫ，相信我相信我！」

「很不安啊……」

奇諾衝進巨蛋入口之後，就一路將骨頭輾散持續行駛。排氣聲在巨蛋中產生回音，形成巨大的音量環繞在奇諾周圍。

「差不多準備要停了——嘿，停下來。然後把引擎熄掉。」

奇諾完全照漢密斯所說，在巨蛋的幾乎正中央、稍微再前進一點的位置按下剎車。

引擎熄火之後，回音大約持續了兩秒，突然恢復平靜。

奇諾看著入口。在她眼前的明亮世界那裡，有一團巨大的黑影。

一頭跟馬一樣巨大的生物，姿態沉穩悠然，彷彿堅信自己可以狩獵成功一般，一步一步的走近過來。

「原來如此……這樣一來就容易瞄準了嗎……」

看到對手動作緩慢下來的奇諾，以右手拔出「卡農」，但漢密斯馬上說話了：

「咦？完全不對。那個、不需要喔。」

「咦？」

「因為反而會造成阻礙所以絕對不要開槍喔。奇諾就在那邊待著別動。」

「…………我相信你。」

奇諾將「卡農」插回右腿的槍套。然後，她繼續跨坐在漢密斯上方，看著可以一擊殺掉自己的野獸——那團黑影緩慢的走近過來。

在杜納米斯縱身一躍來到可以在一瞬間撲到奇諾身上的距離，就差一點點的時候。

「呀嗚！」

牠突然發出慘叫聲彈跳起來，當場倒地。

「發生什麼事了……？」

奇諾看著動也不動的巨大獸體低聲說。

「嗯，我打倒了。」

漢密斯若無其事地如此回應。

「你怎麼做到的……？」

「是用眼睛跟不上的快速拳。」

「呃，這種哏就別說了。」

「是用非常刁鑽俐落的踢技。」

「夠了喔。」

「簡單的說，是聲音。」

奇諾在昏沉的陰暗中，不停眨著眼睛，說：

「漢密斯的……聲音？可是我什麼也聽不見……？」

「飼料之國」
—the Cage—

「沒錯，是人類聽不見的聲音。因為貓科動物的耳朵比人類實在好太多，可以聽得見的聲音頻率範圍也比較廣喔。就算是人類，只要讓他在一瞬間聽到強烈的聲音，頭腦就會昏昏沉沉的，就是那招。」

「原來是這樣……！是巨蛋的回音！」

「正確答案～！只要在那個位置，就可以一擊打倒牠了。」

「漢密斯……你太厲害了……」

「還好啦～」

「得救了……」

「妳太客氣嘍～那麼，那傢伙要怎麼辦？等到牠爬起來差不多要幾十秒吧？現在如果妳用『卡農』開三槍打進牠腦子裡的話就可以殺了牠喔？」

奇諾沒有馬上回答。

「杜納米斯？」

在寂靜的巨蛋中響起了女子的聲音。

在入口處，跟先前一樣出現了人影；但跟先前不一樣的是，人影進來了。

氣喘吁吁發出「呼～哈～」聲響的人，是那個曾經是飼育員的女子。

「她跑好快啊。」
漢密斯深有所感地低聲說。
「杜納米斯！啊啊，你怎麼了！你怎麼了！」
「啊～現在不要靠近比較好喔。」
漢密斯對著跑到自己所愛的野獸身邊的女子如此說。
不知道是聽到了還是沒有聽到，在奇諾跟漢密斯還不明白答案的時候，女子已經靠近杜納米斯並將自己的臉湊到牠那張大臉旁邊。
「啊啊！你怎麼了？沒事吧？有哪邊痛嗎？肚子餓了嗎？說嘛？」
在女子如此出聲叫喚後，她的右肩被雖然搖頭晃腦卻仍然把臉揚起來的野獸牙齒咬住了。
「呃啊？」
女子的肩膀在巨大野獸下顎的一擊下被咬穿，右手臂「噗通」一聲掉落下去。
杜納米斯在被噴濺出來的血液淋到的同時，依然將臉湊近那隻右手臂，開始「喀哩喀哩」的將

它咬碎。保持倒地姿勢的牠，恐怕是在享受久違的進食吧。

「…………」

奇諾的右手繼續拿著「卡農」，眺望這幅光景。

「啊啊……」

她聽見女子的聲音。

「啊啊……好高興……我終於，可以讓你吃了……真是的，都是因為你不聽我的命令……」

女子的左手溫柔撫摸著正在啃食自己右手臂的野獸鼻頭。

杜納米斯以為自己的進食遭到干擾，露出門牙將那隻手的手肘前方一口咬住扯裂下來。

「啊啊……好高興……好幸福……」

這是她的最後一句話。女子試著用已不存在的雙手擁抱野獸，並將頭湊近杜納米斯的臉——

喀嚓。

她的頭就這麼收進了那張大大的嘴巴當中。

「奇諾，慢慢推我，從左邊繞一大圈。」

「知道了……」

奇諾的右手繼續拿著「卡農」，保持繼續跨坐在漢密斯上面的姿勢，用雙腳踢著石地板。

輪胎靜靜旋轉，漢密斯開始前進。

奇諾他們一面跟正在大口啃食女子屍體的野獸保持距離一面繞圈行進，前往入口。

沉迷在進食中的野獸，連一眼都沒有瞧過奇諾他們。牠依然倒在地上，而且繼續吃著人類的血肉，就跟牠到目前為止已經這麼做過一千次以上一樣。

奇諾一邊聽著骨頭碎裂四散的聲音，一邊踢著地面把漢密斯推到巨蛋的入口前面，就在那裡發動引擎——

以脫兔之勢疾駛出去。

在迅速穿過城門隧道、死命轉動隱藏在辦公室中的轉盤、將鋼鐵柵欄完全關上之後。

「漢密斯！那傢伙有追過來嗎？」

「沒耶，完全沒有。」

「飼料之國」
—the Cage—

「是嗎……得救了……」
奇諾當場慢慢的蹲下身去不動了好一會。
「不過嘛，這回是有點危險啦。哎呀，緊張緊張刺激刺激，對心臟很不好呢。」
「漢密斯的心臟在哪裡？」
「誰知道？」
奇諾擦了擦額頭上冒出來的汗水，趕在身體受寒之前，穿上了放在包包裡頭的防寒衣。
她推著漢密斯，走到了外面。
在中午過後的太陽之下，僅有石頭的世界在眼前擴展開來。
她回頭望去，巨大城牆高高聳立，僅存的一頭野獸就這麼被圍困在那當中。
「有關杜納米斯的事情呢，奇諾。」
「啊啊。」
「雖然好像是在圖鑑上也從來沒有見過的動物，不過牠大概是各個不同種類動物的混血喔。是實驗性交配出來的、奇蹟般的偶然產物，非常的珍貴喔。雖然光憑這點就足以被珍惜了，可是如果牠可以跟別的動物交配生出下一代的話，應該會成為留名歷史的一頭神獸吧。」
「…………」

「所以，如果妳毫不隱瞞地講給商人聽的話，那些人就算多少要硬著頭皮也說不定會來抓牠喔。當然這會是個賭命的工作，不過我覺得有非常充分的價值。因為牠才剛吃掉一個人，只要有水，應該還可以活一段相當長的時間。也就是說，還來得及喔。」

「…………」

「如果妳不傳達情報的話，杜納米斯牠嘛，總有一天會在這座籠子裡頭，餓死嘍。」

「…………」

「怎麼辦？」

「飼料之國」
—the Cage—

尾聲

「在河畔・a」

—*Lost by the River・a*—

尾聲「在河畔．a」

——Lost by the River．a——

寫給正在讀這封信的人。

不過前提是要有這樣的人存在。

現在，我在家人的屍體前面，寫著這篇文章。

就在從小就相識相知、人生幾乎一起共度的妻子，以及三個可愛孩子的屍體前面。

四個人都已經死了。

願他們安息——我是這麼盼望的。

人是我殺的。

在他們睡著的時候，我勒住脖子殺了他們。

只有妻子明白我。

她知道自己不會再醒過來，將還小的孩子們通通哄睡之後——

「我愛你。」

她說了這句話，閉上了眼睛。

我勒住所有人的脖子殺了他們。

為了盡可能不讓他們痛苦，我在一瞬間死死扼住頸動脈。

用現在拿著這枝筆的手，殺了他們。

我們是從祖國逃出來的。

那是個殘忍的獨裁者掌權的國家，存在著迫害跟歧視還有飢餓。那裡並不是一個大多數人可以活得像人的環境。

我們跟志同道合的伙伴們一起組成商隊去旅行，但是卻諸事不順。先是有人因體力不繼而脫隊，沒多久有人死了，再來就有人從那些死者的屍體上奪取遺物，而這樣的他們，因為行李過重又脫隊了。

我們一家人則是因為帶著年幼的孩子們走不太動，所以脫隊了。

但諷刺的是，我們的命也拜此所賜得以延續。

在我們脫隊的隔天，我聽見遠方傳來爭吵的聲音，接著就是說服者的開火聲。

又隔一天，當我遠眺他們的露營地點，只有屍體散置四處。

我戰戰兢兢地過去一看，雖然不知道是什麼理由，不過他們是自相殘殺的。我只把能用的東西搶了就逃。
在那之後，我們一家人慢慢地繼續前進。
相信在某個地方會有願意接納我們這一家的國家。
我們探訪了好幾個國家。
然而，我們移民的心願並沒有實現。
理由各式各樣：民族相異、人口控制、文化不同、宗教不一樣……
我們並沒有失去希望。
總有一天在某個地方，會有一個讓我們一起幸福過生活的國家——
我們曾經這麼相信過。
但是，母親一般的大自然，並沒有饒過我們。
在寫這封信的時候，秋天已經結束了。
天氣已經是完全的寒冷了。
到目前為止我們一直採摘獵捕的樹果子跟小動物，已經完全採不到也捕不著了。
我們在大自然之中捱餓，如果這裡是在某國境內的話，或許那個國家不論如何會讓我們過完一個冬天也說不定。

找不到多少食物，要持續漫長的步行，真的很痛苦。

就連成人的我，都哭了好幾次。

對孩子們來說，這又是多沉重的痛苦啊。

偶然來到這條河的時候，我們以為得救了。

周圍有森林，燃料不虞匱乏。也有水。

而且最重要的是，河裡頭應該有魚。

只要捕到牠們，我們一家人應該就可以活過一個冬天了。

我是這麼以為的。

可是……這條河連一隻魚都沒有。

不管待了多少天、不管過了多少天，連一隻魚都……

沒有生物，就是一條死掉的河。

儘管如此，我們沒有移動的勇氣了。

一直以為今天一定可以捕到魚，就這樣過了好幾天又好幾天。

這段期間，妻子跟孩子們逐漸連正常走路都沒有辦法了。

我一直相信只要有食物的話，就還可以活下去啊……

我們已經無法動彈了。

只能在帳篷中等著慢慢的餓死，變成這副德性了。

所以，大家要一起讓這段旅程結束。

要在這裡一起死。

所以，我把大家殺了。

內心想著大家的遺體別變成野獸食物的我，等待著白天。

一面感受著四人的身體逐漸冰冷，一面等待著白天。

然後，人生最後的白天到來了。

最後我想留下手稿給某個人，準備了紙跟筆，等待太陽升起。

我想寫完這封信之後，就把遺體埋好，結束自己的生命。

然後，在黎明顯現的同時，我也慢慢地寫到這裡來了。

馬上太陽就要升起。

現在，太陽升起來了。

人生最後的太陽是——

嘎啊　啊啊

混帳！

媽的！混帳啊啊啊！

啊啊……啊啊……

媽的！媽的！媽的！

啊啊啊啊啊！

啊啊啊！　啊啊啊啊！

我已經厭惡這一切了。
寫完這封信，我就立刻把自己的頭射穿。
這樣就結束了。就算只有一秒，我也不要在這種世界多待。

「以上就是內容了。」

看完信中文章的奇諾，把還很乾淨的信紙遞給漢密斯看。

在即使於秋季尾聲依然保持深綠不變的常綠樹林中，這條河靜靜的流動著。河寬跟比較大一點的馬路差不多，水深及人的膝蓋。

奇諾跟漢密斯在隨處都是圓滾滾小石頭的河灘上。奇諾以兩隻腳站著，漢密斯則用側腳架立妥。

奇諾將步槍型的說服者，也就是「長笛」，擱在她褐色大衣的肩膀位置上。

在距離奇諾他們稍微遠一點的河灘上，豎立著一頂大大的帳篷。

在帳篷的前面，有個男子倒在那裡。男子的頭開了個洞，臉上覆蓋一大片乾掉的血，右手拿著一把左輪手槍。

漢密斯說：

「嗯嗯，一個謎題解開了。果然那個人是『連續殺人犯』呢，而且我覺得最後他是自己結束了生命。死掉的時間，應該就是昨天了。只要奇諾提早一天來的話，就可以聽那個殺了家人的男人說故事了。」

「也許是這樣吧。不過，也已經於事無補了。」

奇諾說道。

在晚秋時分的太陽升起前一刻，世界靜靜地逐漸明亮。

奇諾一面細心將紙摺起來，一面說：

「還有一個謎題。最後那一段，在日出之後彷彿像是連著憤怒一起亂撇在紙上的文字是怎麼一回事呢？」

「誰知道，會是幻覺什麼的嗎？」

「如果是這樣的話，我們就不會明白了吧。謎題……依舊成謎嗎。」

就在奇諾如此低喃的時候。

從遠方、從河的下游，傳來了喧鬧的聲響。

彷彿像是好幾個巨大物體於地面爬行竄動的聲音。

「什麼！」

奇諾當場將紙拋下，將右肩的「長笛」端到身體前方，解除安全裝置。

然後——

書末特別短篇

「第二十年的我們」

—Traveling for Two Decades—

「從那之後，過了二十年嗎……」

「時間過得真快呢，奇諾。」

在美麗的紅花盛開到地平線盡頭的草原上，奇諾與漢密斯靜靜的交談著。

漢密斯以主腳架立妥，車輪深陷在花朵包圍中；身穿大衣的奇諾則在稍微有一點距離的地方，也彷彿像深埋在花叢中一般的仰面躺著，凝望蒼藍色的天空。

「在十二歲的生日前夕急忙離開國家的我，明天也已經要三十二歲了……我說漢密斯，不管什麼時候都一直用『我』（註：奇諾對『我』的發音為BOKU，是某個國家傳統上的男子第一人稱）來稱呼自己會很奇怪嗎？」

「都到這個時候了妳還在說什麼呢，這就是所謂的山水坑大啊。」

「……『三歲看大』？」

「對，就是那個！」

奇諾將她的黑色長髮紮成一束，挪移到自己的身體前方來。臉頰托著一片花瓣的那張臉，完全是成年人的模樣。

「我說奇諾，差不多也該注意一下眼角的皺紋了吧？妳的年齡都快從眼睛看出來了。」

「咦？我還沒問題的。嗯……我還不用擔心。」

「其實大家呢，都是這麼想啦，可是真正到了那時候就會很驚慌喔？妳會聽到很多熟人一直跟妳推薦化妝品哦？」

「啊哈哈。知道了，我會注意的。漢密斯在這一點就很好了，壞掉的地方只要換掉就好。這二十年來……我記得引擎更換過三次、骨架補強了四次，至於輪胎跟把手之類的，已經記不得換過多少個了。」

「妳差不多也要幫我換掉第七根碼表線嘍。斷掉的話，妳就不知道行駛的距離啦？」

「我知道了，在下一個國家換吧——即使像這樣更換許多零件，漢密斯還是漢密斯。」

「當～然！」

「所以不管我增加了幾歲，甚至年老了，我還是——我吧。」

「好像是很簡潔的結論呢，不過算了。」

「即使是這樣，還是過了二十年啊……有點一眨眼就過去的感覺，又有點漫長的感覺……」

「我覺得對人類來說，果然還是很長的時間吧。畢竟那位年輕健壯的王子，也成了一位威嚴的大叔，或者應該說是中年男性了。」

「啊啊，你說西茲嗎。我看到他的時候，真的快嚇死了。在一個國家安頓下來之後，果然就很容易發胖嗎？不過，看他微笑著在當麵包店主人的樣子，好像非常幸福，而且我收到的麵包也很好吃。另外，要說還有事情讓我吃驚的話，就是那位白髮的蒂法娜了。」

「沒想到她變成國內最頂尖的醫生呢～！雖然那女孩看起來頭腦很好，那也太厲害了。」

「沒辦法見到陸，滿遺憾的……不管怎麼說，狗的壽命真的很短。」

「畢竟那是隻笨狗，牠的靈魂一定不會去天國而就在那一帶打轉的。相對的，牠的小狗真的好多。」

「你是說那些『陸二世』嗎？牠們四隻都好可愛～不過從外表完全分不出誰是誰就是了。」

「因為那些傢伙會一起開口講話，吵得我拿牠們沒辦法。」

「啊哈哈，回憶的話題，總是說不完呢。」

奇諾慢慢地舉起右手。

她握在那手上的，是上頭已經有了許多細微傷痕，儘管如此依舊在細心保養下泛著黑色光澤，也仍然維持在可射擊狀態的掌中說服者「卡農」。

「師父她現在……不知道在做什麼呢……」

「嗯，我想她的壽命到了盡頭，應該已經過世了吧。」

「你講話真不留情呢……漢密斯。」

「我不想讓妳懷有奇怪的希望啊，奇諾。因為『二十年』的歲月，就是這樣的東西喔。」

「我知道了……就當我也這麼想吧。」

奇諾慢慢地將右手放下。接著，她對著天空發出問題：

「我還可以繼續旅行幾年呢？」

「誰～知道～這種事情誰也不知道。可是——」

「可是？」

奇諾撐起上半身，看著漢密斯問道。

「即使不再旅行了，奇諾還是奇諾喔。就跟不管零件換了多少次，摩托車還是這一輛摩托車一樣喔。」

造型保持得跟二十年前完全沒有不一樣的漢密斯，看著已經三十二歲的奇諾如此說。

****

『喂喂我是時雨沢，剛傳過去的「奇諾二十年特別篇」故事你覺得怎麼樣？』

『喂喂我是編輯部，如果要用好懂的日語來說的話，就是不採用。』

『咦？等等、咦？這篇超感動的作品竟然不採用……我知道啦，就是說你沒時間所以沒有讀過對吧？』

『你這自信是從哪裡跑出來的啊？我好好的讀過啦。』

『那麼，再三十分鐘之後我還會再打電話過來，就請你先讀一下嘍。』

『你給我聽人話。』

『咦～為什麼不採用～！我不要我不要我不要我不要我不要×5』

『請不要一張口就把「乘以五」之類的話說出來好嗎。』

『因為「我不要」說了四遍，乘以五之後就等於是二十遍了。』

『既然這樣你就振作一點吧——這件事情先擺一邊，這篇故事還是不採用，沒辦法收錄在奇諾の旅第二十二集當中啊。』

『這件事還請您想點辦法。』

『什麼辦法都行不通捏。』

『我要跳舞了喔！』

『呃，請便。』

『——哈啊呼！哈啊！那！不採用的理由！是在哪裡！哈啊！又是什麼？』

『呃你真的不要跳了很噁心。想知道理由嗎？因為你突然讓奇諾他們增加了二十歲實在太無厘頭了啊。』

『可是、可是可是！我在一九九九年二月到四月開始寫奇諾，作為第六回「電擊電玩小說大賞」的參賽原稿，到現在恰巧就碰上了二十年了啊？呼嗚哈啊，可以讓我沖一下澡再過來嗎？』

『不行，請給我在那邊坐一下。』

『沒關係的，我也累了就坐吧——而在二十年後我寫下來的第二十二集當中，奇諾他們也增加了那麼多歲，以作品的角度來看反而很自然吧？It's so natural.』

『哪裡自然了，只有怪怪的感覺好嗎。』

『就是這樣……這就是、自然的怪怪感覺。』

『你是不太會講日語的作家喔？如果要追根究柢的話，以編輯部的角度來看，而且可能讀者們的觀點也一樣，大家最希望增加歲數的人，最希望有所「成長」的人，並不是奇諾他們啊。』
『哦哦！那會是誰？因為我想把這點活用在今後的故事發展當中，請別隱瞞就告訴我吧！』
『因為我完全沒有要隱瞞的意思就告訴你吧，最希望有所成長的人是──』
『是？』
『是你啦～！』
『是我喔～！』
『你應該可以接受了吧？』
『是可以接受，可是人總是有做得到跟做不到的事的。』
『就算你整個人突然裝出那種非常乖巧懂事的模樣也沒用啊。』
『不過也好，編輯部方面的意見，我非常清楚明白了。因為所謂的書並不是作家一人製作出來的東西，在這裡我會敬表退讓──』
『退讓？』
『請把這篇故事放進第二十二集中吧。』
『請把我跟你對話到目前為止所耗費的氧氣還給我。』
『不用擔心。二氧化碳的增加，會讓植物覺得開心。我們人類還去把這樣的植物吃掉，為什麼會這麼的殘忍呢。』

『現在我們不是在講那種話題吧。』

『別這樣啦，我只是很自然的說著自然的話題啊。』

『會覺得那很自然的應該只有時雨沢而已吧。算了，因為電話費也差不多要講到有點浪費了我就進入結論吧，第二十二集的原稿我全都收到了，不過這篇不會收錄。』

『怎麼這樣……我難得寫出來的說……』

『這樣吧，如果放到後記去的話我就會同意。』

『原、原來還有這一招啊！編輯，你是天才嗎？』

『呃，為什麼你一開始沒有想到這一點呢？』

『因為……所謂後記，就是要嚴肅而且認真去寫的地方吧？』

『喂時雨沢，你給我在那邊坐一下。』

『我一直坐著啊怎麼啦——那麼，這篇就當作是後記嘍！真是謝謝您！』

『好的辛苦您了。話說回來你接下來要寫的是什麼呢？』

『那當然是——』

嘟、嘟、嘟。

電話記錄到這裡就中斷了。

後記
——Preface——

令和元年（二〇一九年）七月　時雨沢恵一

賀20周年!!
KURO

國家圖書館出版品預行編目資料

奇諾の旅：the Beautiful World / 時雨沢恵一作；
K.K.譯. -- 初版. -- 臺北市：臺灣角川, 2020.09-
冊； 公分. -- (Kadokawa fantastic novels)
譯自：キノの旅：the Beautiful World
ISBN 978-957-743-955-0(第22冊：平裝)

861.57 109010196

Kadokawa
Fantastic
Novels

奇諾の旅 XXII
—the Beautiful World—

（原著名：キノの旅XXII—the Beautiful World—）

2020年9月3日 初版第1刷發行
2024年4月2日 初版第2刷發行

作　者：時雨沢惠一
插　畫：黑星紅白
日版設計：鎌部善彥
譯　者：K.K.

發行人：台灣角川股份有限公司
總　監：呂慧君
總編輯：蔡佩芬
主　編：林秀儒
編　輯：黎夢萍
設計指導：陳晞叡
美術設計：宋芳茹
印　務：李明修（主任）、張加恩（主任）、張凱棋

發行所：台灣角川股份有限公司
地　址：104台北市中山區松江路223號3樓
電　話：（02）2515-3000
傳　真：（02）2515-0033
網　址：www.kadokawa.com.tw
劃撥帳戶：台灣角川股份有限公司
劃撥帳號：19487412
法律顧問：有澤法律事務所
製　版：巨茂科技印刷有限公司
ISBN：978-957-743-955-0
